Peach Girl
2

Introduction

Difficile de vivre à Tokyo, quand les filles à la peau brûlée par le soleil sont appelées **ko-girls** et soupçonnées d'avoir des mœurs douteuses…

Ces préjugés cruels ont fait de la vie de **Momo** un enfer. Pour essayer de faire disparaître son teint hâlé, elle se ruine en crèmes anti-bronzage et évite le soleil. Elle a même arrêté la natation… Tout ça pour plaire à ce naïf de **Tôji** qui croit toutes les horreurs que **Sae** lui raconte. Heureusement pour Momo, elle a un allié de taille en la personne de **Kairi**, qui la voit comme elle est vraiment : une fille adorable et très timide !

Entrez dans le monde de Miwa Ueda, et choisissez votre camp : celui de Momo, que tout le monde montre du doigt parce qu'elle est différente, ou celui de Sae, qui exploite les préjugés des autres à ses propres fins…

Credits

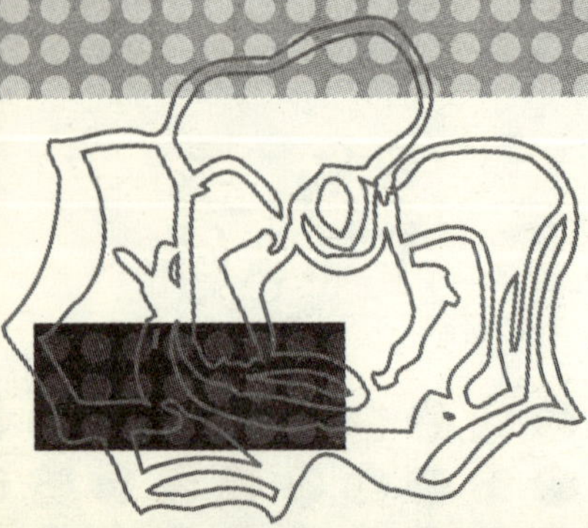

Scénario et dessin
Miwa Ueda

Traduction
Xavière Daumarie

Adaptation graphique
Monica Rossi

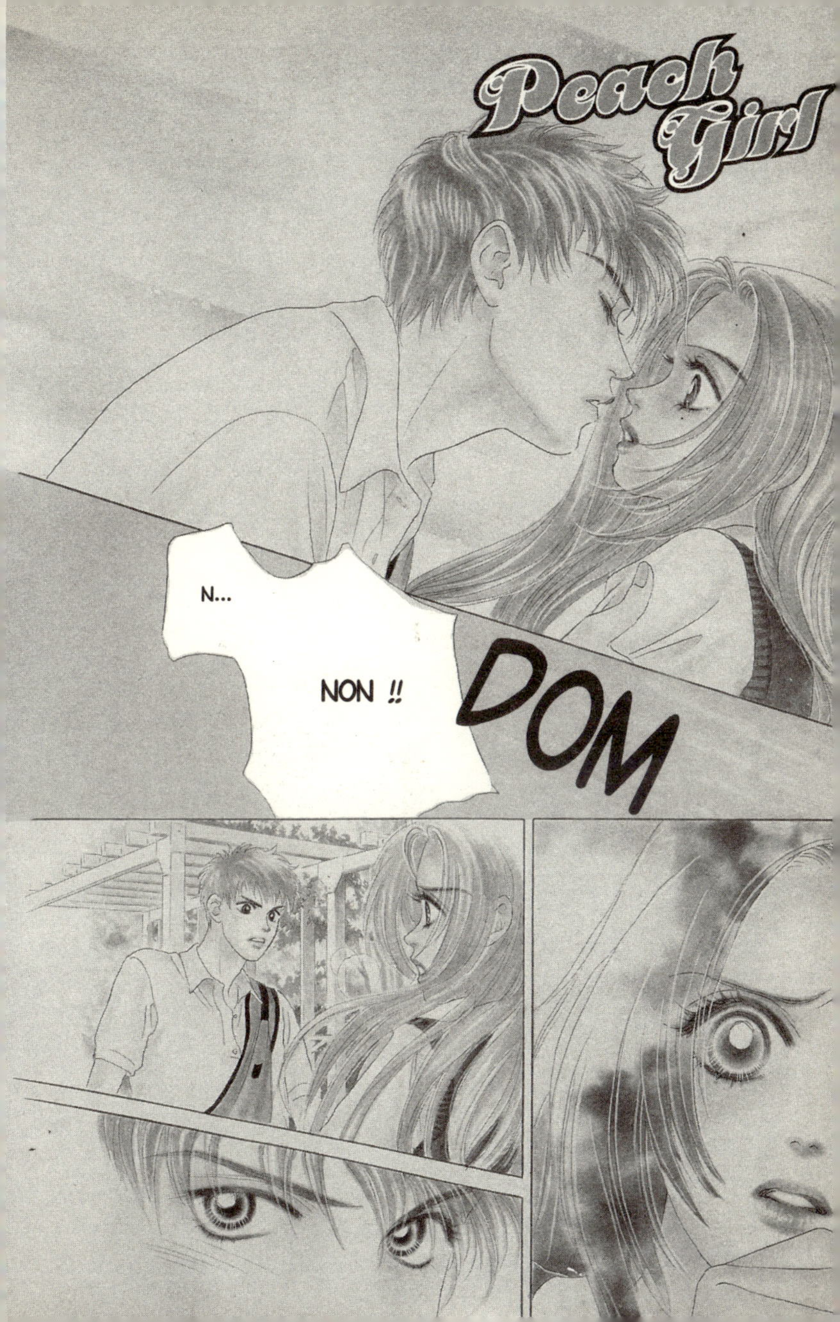
Peach Girl
N...
NON !!
DOM

Peach Girl
2
Miwa Ueda

LES INTRIGUES DE SAE LA PERFIDE...

• MOMO A LA POISSE : SON AMIE SAE LUI PIQUE TOUT CE QU'ELLE AIME ET KAIRI, LE DON JUAN DE L'ÉCOLE, LUI A VOLÉ SON PREMIER BAISER !

• SI MOMO A RÉUSSI À SURMONTER TOUT ÇA, C'EST GRÂCE À LA DÉCLARATION DE TÔJI. ENTRE EUX DEUX, C'EST LE GRAND AMOUR ♡

• MAIS ÇA NE PLAIT PAS À SAE QUI DÉCIDE DE TOUT FAIRE POUR LES SÉPARER.

• ELLE FAIT CROIRE À MOMO QUE TÔJI NE S'INTÉRESSE QU'À SON CORPS ET DONNE DES COURS DE BAISER À TÔJI. MALHEUREUSEMENT MOMO LES VOIT. ELLE DOUTE DE PLUS EN PLUS. TOUT BASCULE LORSQUE TÔJI ESSAIE DE L'EMBRASSER DE FORCE...!!

RÉSUMÉ DE L'ÉPISODE PRÉCÉDENT.

MOMO ADACHI ELLE AIME TÔJIGAMORI DEPUIS LE COLLÈGE. ELLE A UN LOOK DE KOGIRL*.

KAIRI OKAYASU — OBSÉDÉ — LE DON JUAN DE L'ÉCOLE. IL A VOLÉ LE PREMIER BAISER DE MOMO !!

TÔJIGAMORI (TÔJI) — AMOUREUX — INTRANSIGEANT ET TIMIDE. IL SORT AVEC MOMO, MAIS SAE ET LUI...

SAE KASHIWAGI — ENNEMIE — L'AMIE DE MOMO. C'EST LE PLUS GRAND OBSTACLE À L'HISTOIRE D'AMOUR DE MOMO.

* KOGIRL : LYCÉENNE REBELLE ET TRÈS PORTÉE SUR LE SEXE.

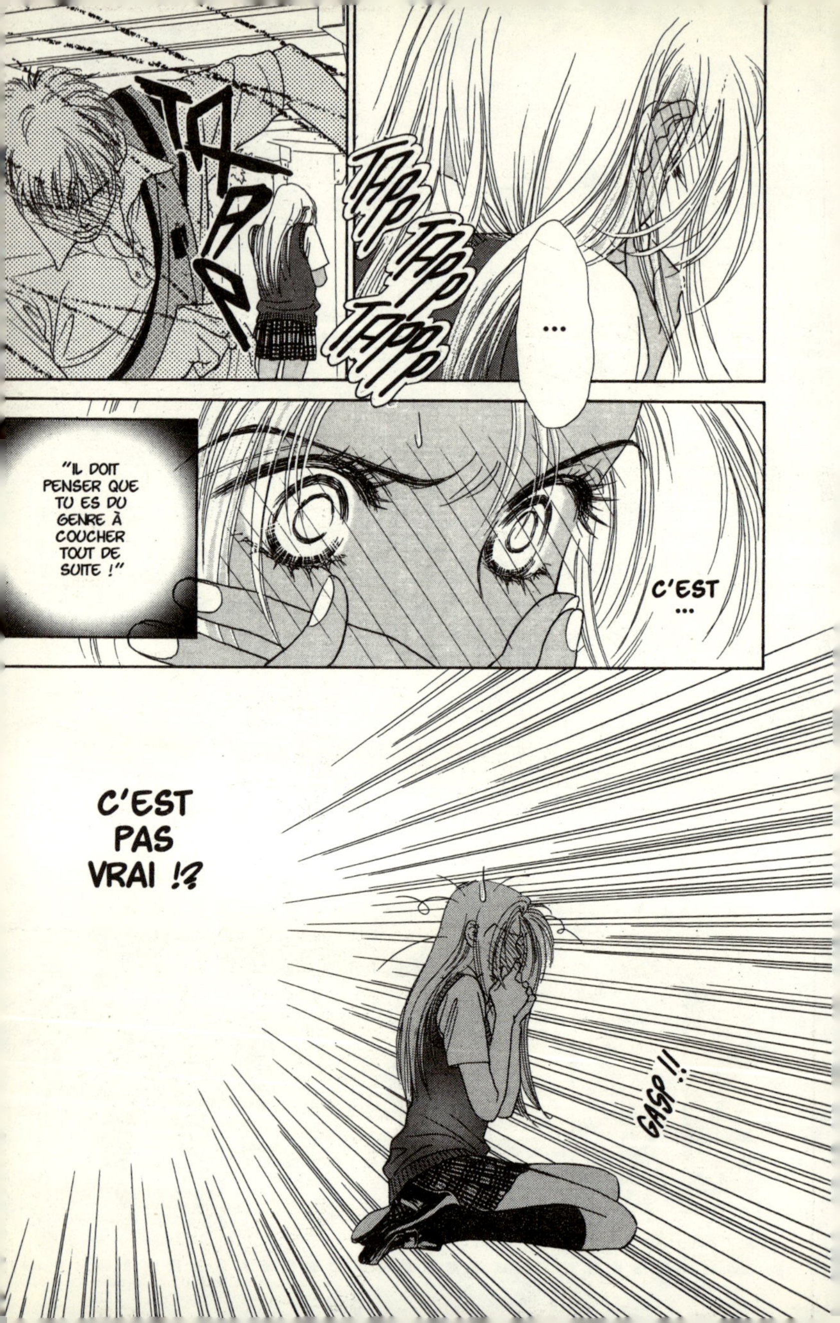
TAPP TAPP TAPP
TA-A-R
...
C'EST ...
"IL DOIT PENSER QUE TU ES DU GENRE À COUCHER TOUT DE SUITE !"
C'EST PAS VRAI !?
GASP !!

SWIIIISHA
MOMO A OUBLIÉ SON SAC !
EH, TÔJI !
...!?
MOMOOOO!
AH ! LA VOILÀ !
? ?
IL COURAIT COMME UN MALADE...
JE VIENS DE CROISER TÔJI... Y A UN PROBLÈME ?
POOOM
... AU MÊME ENDROIT QUE SAE...
IL NE S'INTÉRESSE QU'À MON CORPS ...
OUH !
OUH !
OUH !
...

QUEL GENRE DE CRÉATURE ES-TU, SAE ?

C'EST FOUTU...
...
ELLE ME DÉTESTE...
J'AI TOUT GÂCHÉ...
QUOI !?
C'EST FOUTU, J'EN SUIS SÛR...

ATTENTION !!
FWII
FWII
TUNNKK
AH !?
MAIS C'EST ROUGE, MOMO !
JE SAIS...
JE SAIS...
OUF !
VROOOM

MAIS C'EST PAS VRAI ! TU VAS FINIR PAR TE FAIRE TUER !!
EXCUSEZ-LA ! VOUS N'ÊTES PAS BLESSÉE ?
EUH... NON...
CUTE !
JE TE RACCOMPAGNE JUSQUE CHEZ TOI.
PAS LA PEINE, JE PEUX RENTRER TOUTE SEULE !
MOMO, TU AS FAILLI TE FAIRE ÉCRASER PAR 3 VOITURES ET 2 VÉLOS...
... ET TU T'ES PAYÉ 4 POTEAUX !
...
ÇA T'A FAIT SI PEUR QUE ÇA...
... QUE TÔJI ESSAIE DE T'EMBRASSER ?
...

C'EST LÀ QUE TÔJI ET SAE SE SONT EMBRASSÉS CE MATIN !!
MOI J'EN GRIMPERAIS AUX RIDEAUX !
ALORS QUOI ?
NORMALEMENT, ÇA FAIT SUPER PLAISIR DE SE FAIRE EMBRASSER PAR SON AMOUREUX...
JE NE TE COMPRENDS PAS...
JAMAIS !!
FAIRE ÇA AU MÊME ENDROIT QUE SAE !
ÇA ME DÉGOÛTE !
COMMENT EST-CE QUE TÔJI A PU ME FAIRE ÇA...!?
DE FAÇON SI BRUTALE...
... ET SANS S'OCCUPER DE MES SENTIMENTS...
C'EST...
C'EST LE GENRE DE TRUC QUE FERAIT OKAYASTUPIDE !!
OUCH ! T'ES DURE AVEC MOI !

C'ÉTAIT PAS LE TÔJI QUE JE CONNAIS...
...
... QU'IL M'AIMAIT ...
"C'EST POUR ÇA QU'ELLE EST BRONZÉE !"
"ADACHI ÉTAIT DANS L'ÉQUIPE DE NATATION !"
JE CROYAIS QU'IL ME COMPRE-NAIT...
OOOOOOOOOOH
PEUT-ÊTRE QU'IL CROIT QUE JE SUIS UNE FILLE FACILE...?
JE NE PEUX PAS CROIRE QU'IL EST COMME TOUS CES TYPES QUI ME JUGENT SUR MON APPARENCE...?
MÊME SI CELUI QUE TU AIMES S'INTÉRES-SE À TOI POUR TON CORPS...
JE VOIS PAS OÙ EST LE PROBLÈ-ME.

... CE QUI COMPTE CE SONT TES SENTIMENTS, NON ?
... ET S'IL TE LAISSE TOMBER POUR ÇA, C'EST QU'IL N'EN VALAIT PAS LA PEINE !
DE TOUTE FAÇON, LES HOMMES ONT TOUJOURS DES ARRIÈRE-PENSÉES...
... ALORS SI TU NE VEUX PAS LE FAIRE, TU N'AS QU'À SIMPLEMENT DIRE NON.
OK ?
C'EST TOI QUI DÉCIDES DU GENRE DE RELATION QUE TU VEUX AVOIR AVEC LUI.

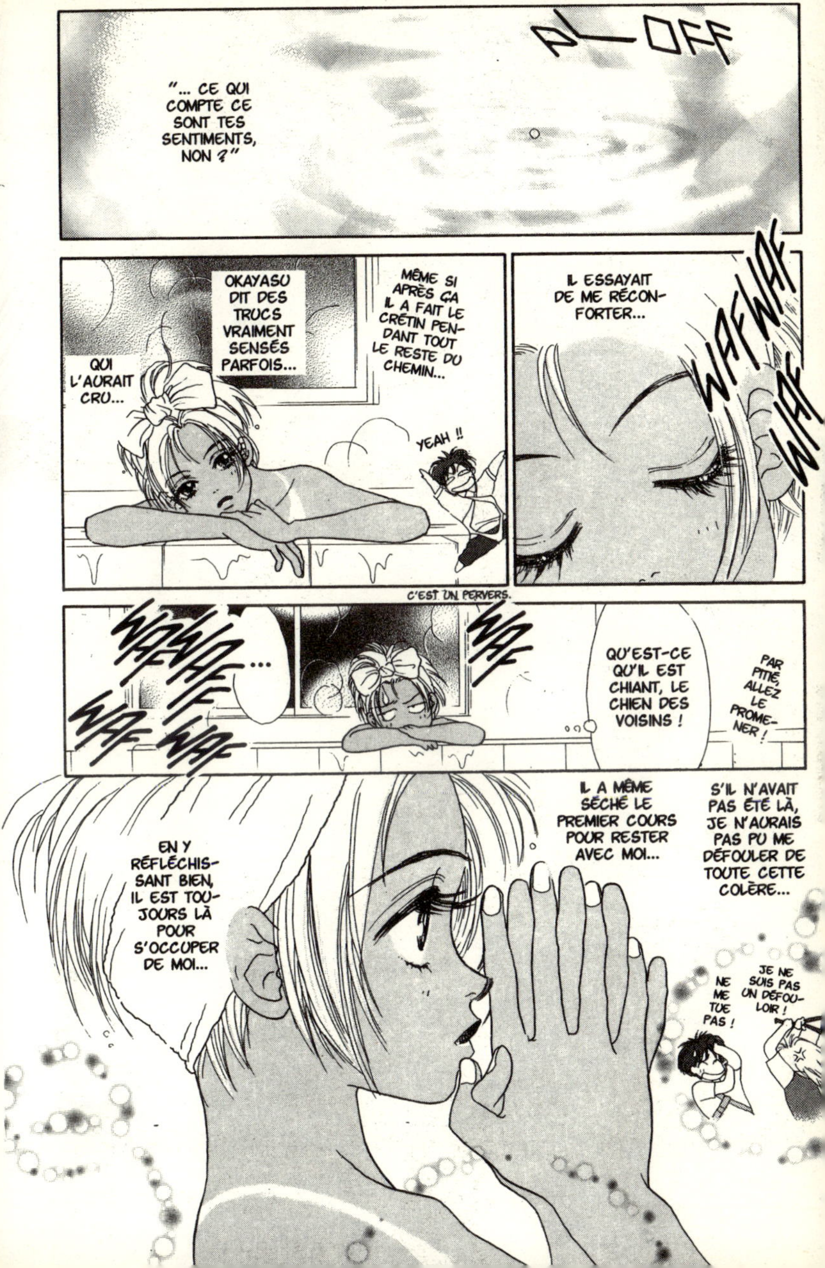
PLOFF
"... CE QUI COMPTE CE SONT TES SENTIMENTS, NON ?"
MÊME SI APRÈS ÇA IL A FAIT LE CRÉTIN PENDANT TOUT LE RESTE DU CHEMIN...
OKAYASU DIT DES TRUCS VRAIMENT SENSÉS PARFOIS...
QUI L'AURAIT CRU...
YEAH !!
WAFWAF WAF
IL ESSAYAIT DE ME RÉCONFORTER...
C'EST UN PERVERS.
WAF
PAR PITIÉ, ALLEZ LE PROMENER !
QU'EST-CE QU'IL EST CHIANT, LE CHIEN DES VOISINS !
...
WAFWAF WAF WAF
S'IL N'AVAIT PAS ÉTÉ LÀ, JE N'AURAIS PAS PU ME DÉFOULER DE TOUTE CETTE COLÈRE...
IL A MÊME SÉCHÉ LE PREMIER COURS POUR RESTER AVEC MOI...
EN Y RÉFLÉCHISSANT BIEN, IL EST TOUJOURS LÀ POUR S'OCCUPER DE MOI...
JE NE SUIS PAS UN DÉFOULOIR !
NE ME TUE PAS !

JE L'AVAIS UN PEU MAL JUGÉ...
UN PEU SEULEMENT !
GATCH
"SI CELUI QUE TU AIMES S'INTÉRESSE À TON CORPS, OÙ EST LE PROBLÈME ?"
...
OUI, MAIS...
CE N'EST PAS QUE JE N'AI PAS ENVIE...
JE SUIS COMME TOUT LE MONDE...
AH ! J'AI OUBLIÉ MA CULOTTE !
TANT PIS, JE VAIS M'HABILLER DANS MA CHAMBRE.
MAIS SORTIR AVEC QUELQU'UN RIEN QUE POUR ÇA...
EST-CE QUE JE SUIS TROP COINCÉE ?
WAFF
WAFF WAFF

WAF WAF WAF WAF WAF WAF WAF WAF
...
LA FERME SALE CABOT ! ARRÊTE D'ABOY...
CLAC
YEEK !

C'EST...
C'EST...
C'EST...
...
TÔJI ...!?
PÉTRIFIÉ
YAAAARGH !!
YAAAARGH !!
YAAAARGH !!
IL M'A VUE À MOITIÉ NUE !
IL M'A VUE À MOITIÉ NUE !
IL M'A VUE À MOITIÉ NUE !
IL M'A VUE À MOITIÉ NUE !
IL M'A VUE À MOITIÉ NUE !
IL M'A VUE À MOITIÉ NUE !
POU...
IL M'A VUE À MOITIÉ NUE !
IL M'A VUE À MOITIÉ NUE !
POURQUOI EST-CE QUE TÔJI EST DEVANT MA MAISON !!?!?
POURQUOOOOI !?.
...

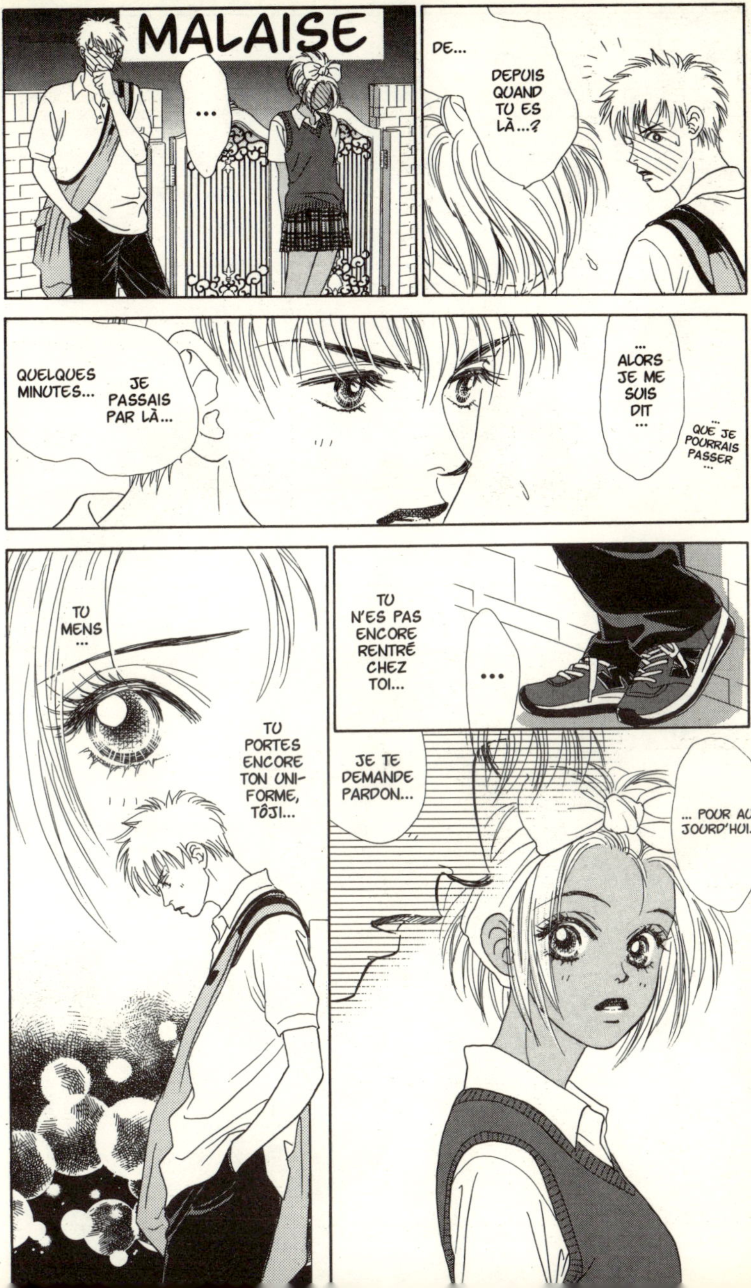

MALAISE
...
DE...
DEPUIS QUAND TU ES LÀ...?
QUELQUES MINUTES...
JE PASSAIS PAR LÀ...
... ALORS JE ME SUIS DIT ...
... QUE JE POURRAIS PASSER ...
TU MENS ...
TU N'ES PAS ENCORE RENTRÉ CHEZ TOI...
...
TU PORTES ENCORE TON UNI-FORME, TÔJI...
JE TE DEMANDE PARDON...
... POUR AU-JOURD'HUI...

TU AVAIS L'AIR DE MIEUX T'AMUSER QUE QUAND TU ES AVEC MOI...
JE VOUS AI VUS DISCUTER OKAYASU ET TOI, ET ÇA M'A ÉNERVÉ...
JE...
QUOI ?
ET PUIS...
JE ME SUIS DIT : " C'EST MA COPINE, QU'EST-CE QU'ELLE FOUT AVEC CE TYPE... "
C'EST POUR ME DIRE ÇA QUE TU ES RESTÉ LÀ TOUT CE TEMPS...?
JE SUIS DÉSOLÉ ...
TÔJI...

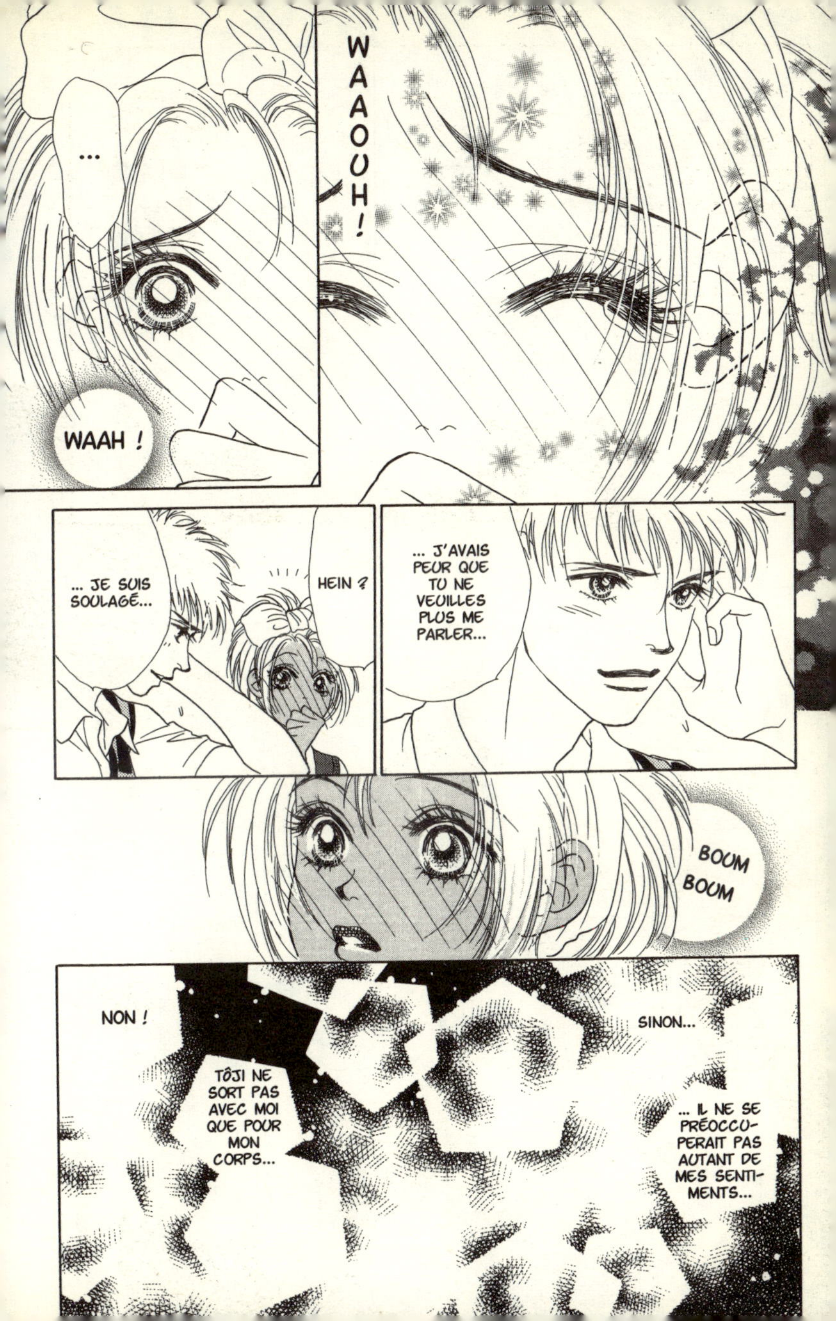
WAAAOUH !
...
WAAH !
HEIN ?
... JE SUIS SOULAGÉ...
... J'AVAIS PEUR QUE TU NE VEUILLES PLUS ME PARLER...
BOUM BOUM
SINON...
... IL NE SE PRÉOCCUPERAIT PAS AUTANT DE MES SENTIMENTS...
NON !
TÔJI NE SORT PAS AVEC MOI QUE POUR MON CORPS...

ET PUIS MÊME SI C'ÉTAIT ÇA...
... AVEC TÔJI, JE POURRAIS...
QUOI ?
AVEC TÔJI, JE...
BOUM BOUM
KYAAH !
QUE J'AI HONTE !!
QU'EST-CE QUI ME PREND DE PENSER À ÇAAAAA !
?
KYAAAAAH !
JE...
JE TE RACCOMPAGNE JUSQU'À...
NON, C'EST BON, JE CONNAIS LE CHEMIN.
BON, BAH...
FAUT QUE JE RENTRE...
À DEMAIN !
À DEMAIN ...

J'AI MIS MON UNIFORME !
Y A PLUS SEXY !!
TÔJI...
TÔJI !
BON !
SALUT !
CE QUI COMPTE CE SONT MES SENTIMENTS !
JE TE PRÉVIENS, IL N'EST PAS QUESTION DE S'EN SERVIR AVANT UN BOUT DE TEMPS !
JE TE LE RENDS !
GWIP
JE SAIS QUE TÔJI ME COMPRENDRA.
!!?!!
...?
SALUT...

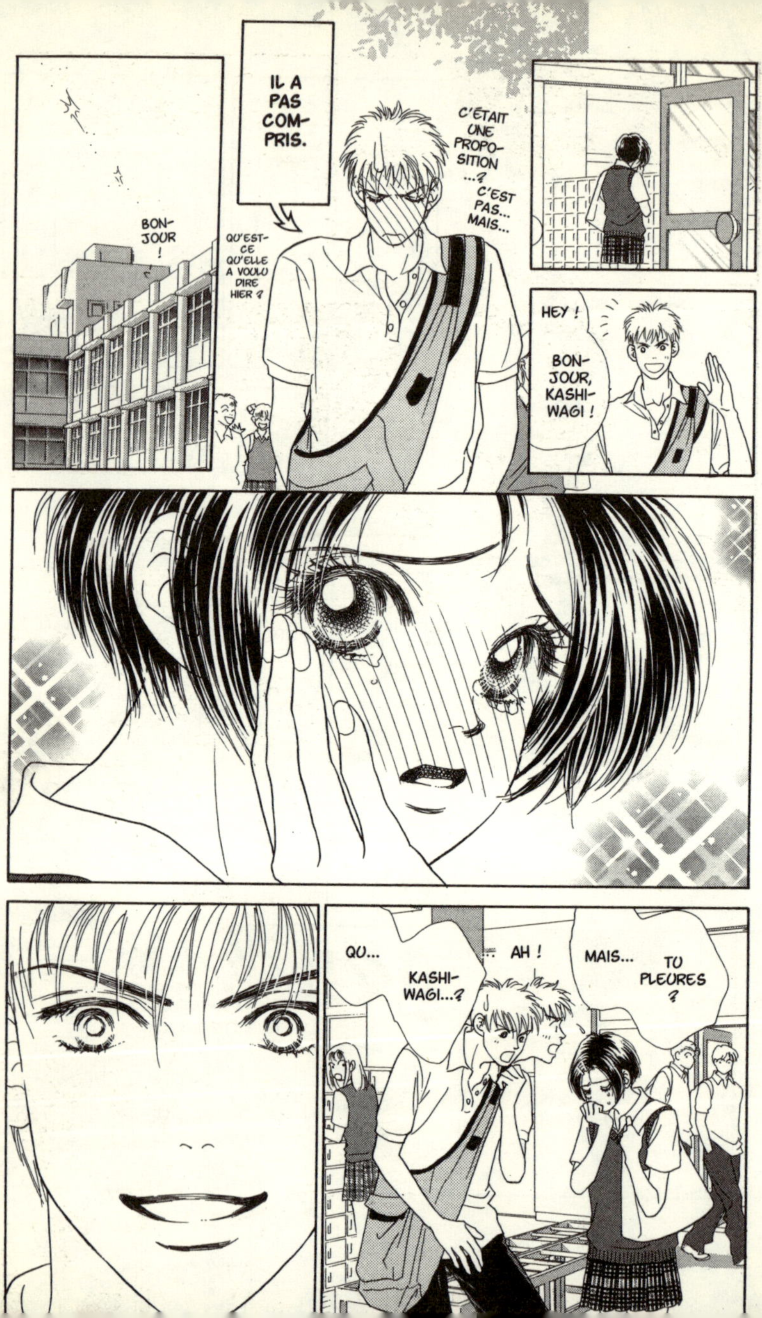

C'ÉTAIT UNE PROPOSITION ...? C'EST PAS... MAIS...
IL A PAS COMPRIS.
QU'EST-CE QU'ELLE A VOULU DIRE HIER ?
BONJOUR !
HEY !
BONJOUR, KASHIWAGI !
TU PLEURES ?
MAIS...
AH !
KASHIWAGI...?
QU...

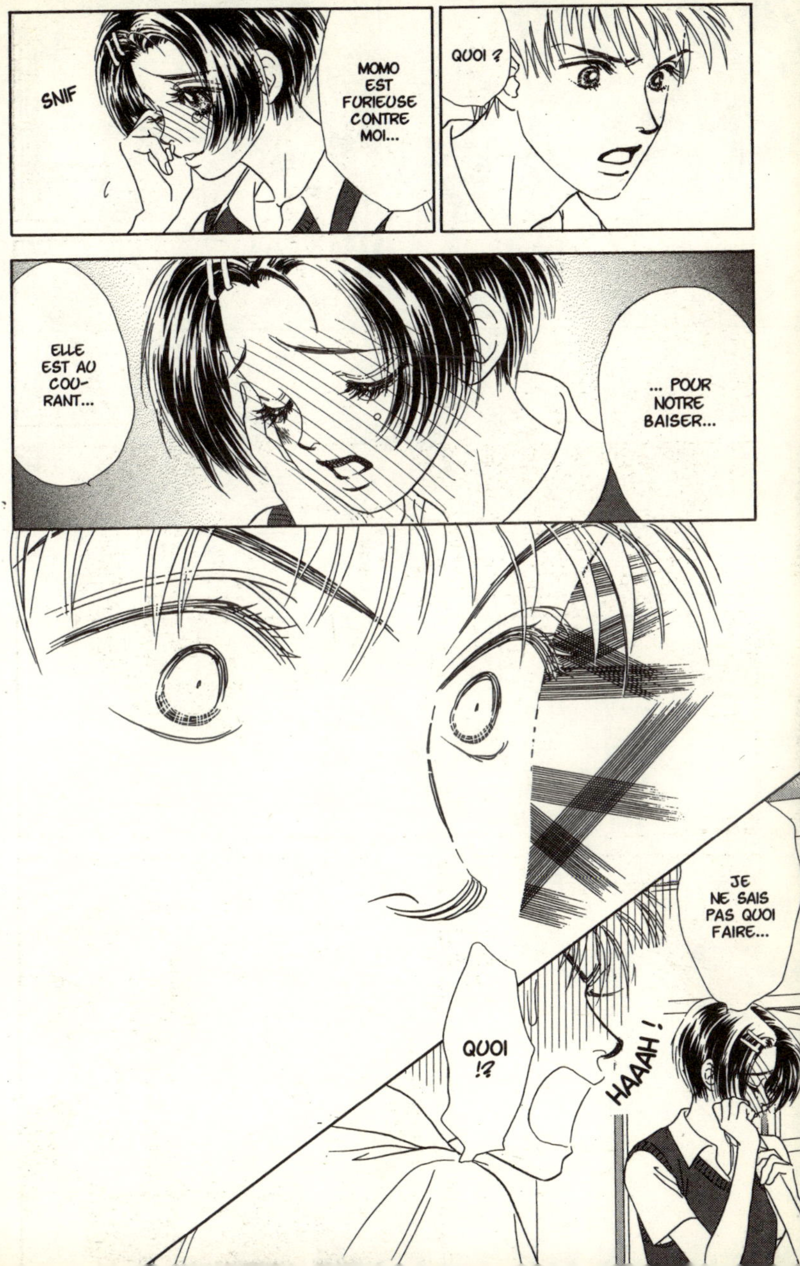
QUOI ?
MOMO EST FURIEUSE CONTRE MOI...
SNIF
... POUR NOTRE BAISER...
ELLE EST AU COU-RANT...
JE NE SAIS PAS QUOI FAIRE...
HAAAH !
QUOI !?

MOI, J'AI FAIT ÇA PAR AMITIÉ POUR ELLE...
...
HA !
KASHI-WAGI...
COMMENT TU T'ES FAIT ÇA ?
ON DEVRAIT DISCUTER DE ÇA DEHORS...

CE...
CE N'EST RIEN !
HEUI
JE ME SUIS COGNÉE...
COMMENT TU AS FAIT POUR TE COGNER AU VISAGE !?
JE SUIS TRÈS MALADROITE...
CE N'EST RIEN, VRAIMENT !
...
BONJOUR !
!?
SAE ? MAIS JE RÊVE !
ELLE N'ARRÊTE JAMAIS !
TÔJI !!

GRAB
VIENS AVEC MOI !!
TUMPP
ADACHI ? OÙ EST-CE QUE TU...
SUIS-MOI ET C'EST TOUT !!
TUNNKK
SWIP
TU NE DOIS PLUS PARLER À SAE !!
JE NE SAIS PAS CE QU'ELLE T'A RACONTÉ, MAIS TU NE DOIS PAS LA CROIRE !!
HEIN ?
ELLE DISAIT DES TRUCS SUR MOI ?
DE QUOI VOUS PARLIEZ, LÀ ?

SI ELLE VIENT TE PARLER, IGNORE-LA !!
... MAIS TU NE DOIS PAS L'ÉCOUTER !
JE SUIS SÛRE QU'ELLE VA VENIR TE RACONTER PLEIN DE MENSONGES...
TU AS COMPRIS !?
MON AMIE ?
ADACHI ...
JE CROYAIS QUE C'ÉTAIT TON AMIE ?
MAIS POURQUOI...?
...
AU FAIT...
... JE VOUDRAIS QUE TU ME DISES...
...
TU PLAISANTES !
ÇA VA PAS ?

TU NE SORS PAS AVEC SAE DANS MON DOS, N'EST-CE PAS ?
...!?
DODOM
ELLE SAIT POUR LE BAISER.
MAIS ENFIN...
SORTIR AVEC TOI ET AVEC SAE EN MÊME TEMPS ?
BIEN SÛR QUE NON...
POU...
POURQUOI TU ME DEMANDES ÇA ?
J'AURAIS DÛ M'EN DOUTER ! SAE N'A FAIT QUE ME RACONTER DES MENSONGES !
MIAOUH ?
SALE PESTE !
EXCUSE-MOI...
RICTUS
JE M'INQUIÉTAIS UN PEU...
ELLE ESSAIE DE SOURIRE NORMALEMENT...
EH !
...

PAF
ARRÊTEZ DE JOUER !
EH, LES GARÇONS !
CLAC
CLONK
CK
TA
SHH
SHH
TÔJI EST VENU CHEZ TOI HIER, PAS VRAI ?
PFF ! C'EST MOI QUI LUI AI DIT D'Y ALLER !
COMMENT TU SAIS ÇA, TOI ?
!?

QUOI ?
TU L'AS REPOUSSÉ QUAND IL A VOULU T'EMBRASSER HIER...
!!
QUI T'A RACONTÉ ÇA ?
TÔJI N'A PAS DE SECRETS POUR MOI, IL ME DIT TOUT !
C'EST PAS VRAI !?
ÇA L'A COMPLÈTEMENT DÉMORALISÉ QUE TU LE REPOUSSES...
... ALORS JE LUI AI CONSEILLÉ D'ALLER SE RÉCONCILIER AVEC TOI.

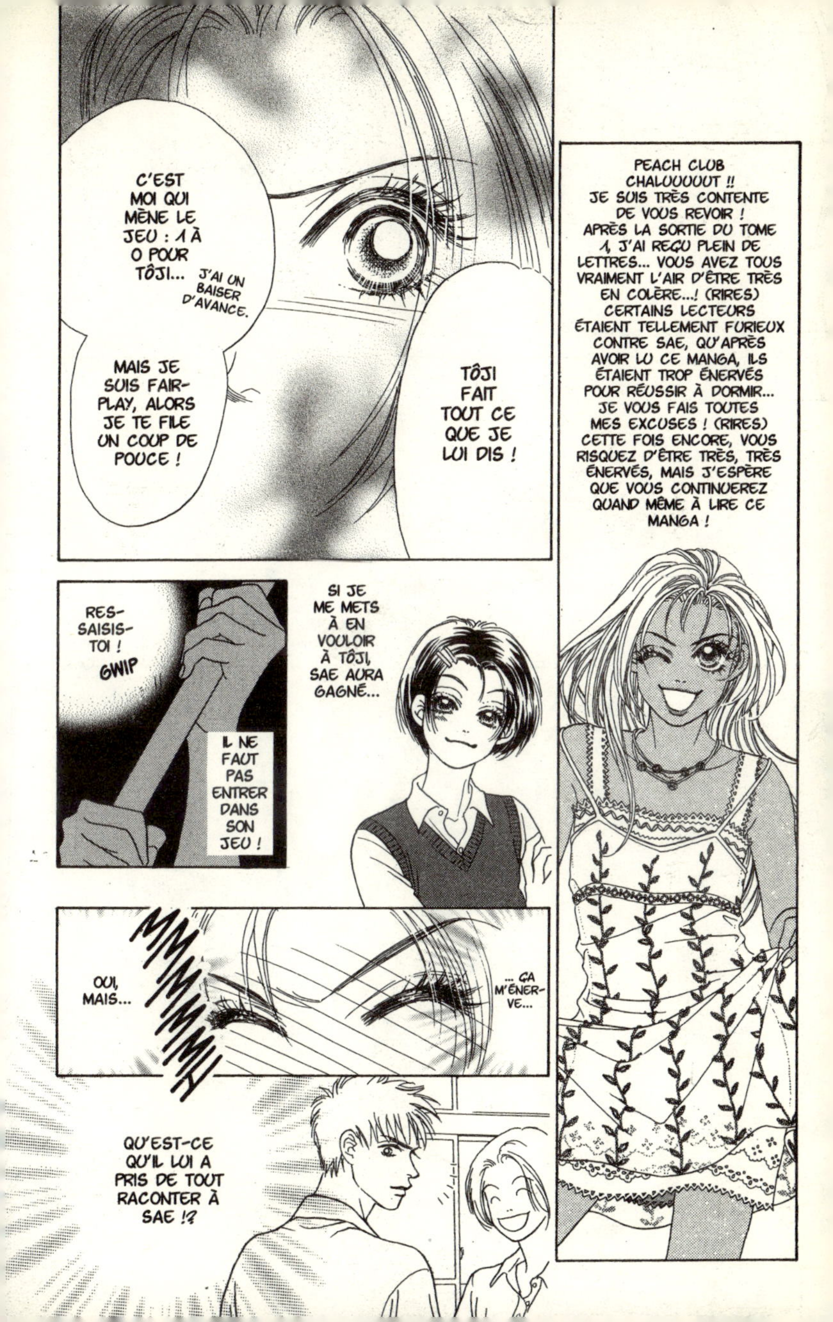
PEACH CLUB CHALUUUUUT !! JE SUIS TRÈS CONTENTE DE VOUS REVOIR ! APRÈS LA SORTIE DU TOME 1, J'AI REÇU PLEIN DE LETTRES... VOUS AVEZ TOUS VRAIMENT L'AIR D'ÊTRE TRÈS EN COLÈRE...! (RIRES) CERTAINS LECTEURS ÉTAIENT TELLEMENT FURIEUX CONTRE SAE, QU'APRÈS AVOIR LU CE MANGA, ILS ÉTAIENT TROP ÉNERVÉS POUR RÉUSSIR À DORMIR... JE VOUS FAIS TOUTES MES EXCUSES ! (RIRES) CETTE FOIS ENCORE, VOUS RISQUEZ D'ÊTRE TRÈS, TRÈS ÉNERVÉS, MAIS J'ESPÈRE QUE VOUS CONTINUEREZ QUAND MÊME À LIRE CE MANGA !
TÔJI FAIT TOUT CE QUE JE LUI DIS !
C'EST MOI QUI MÈNE LE JEU : 1 À 0 POUR TÔJI...
J'AI UN BAISER D'AVANCE.
MAIS JE SUIS FAIR-PLAY, ALORS JE TE FILE UN COUP DE POUCE !
SI JE ME METS À EN VOULOIR À TÔJI, SAE AURA GAGNÉ...
IL NE FAUT PAS ENTRER DANS SON JEU !
RES-SAISIS-TOI !
GWIP
... ÇA M'ÉNER-VE...
OUI, MAIS...
MMMMMMH
QU'EST-CE QU'IL LUI A PRIS DE TOUT RACONTER À SAE !?

POURQUOI TU N'AS PAS VOULU EMBRASSER TÔJI ?
...
GRRR GRRRR
TU DEVRAIS VITE ESSAYER AUSSI !
SES LÈVRES SONT PLUS DOUCES QUE JE LE CROYAIS.
!
!!
KYAAAH !!
POUSSE-TOI ! JE DOIS FAIRE LE MÉNAGE !
WUSH

KASHI-WAGI !?
AÏE !
OUI... JE CROIS...
EST-CE QUE ÇA VA ?
QU'EST-CE QUI TE PREND, ADACHI ?
JE L'AI À PEINE POUSSÉE...
J'AI VOULU ME VENGER INCONSCIEMMENT ?
C'EST PAS POSSIBLE...

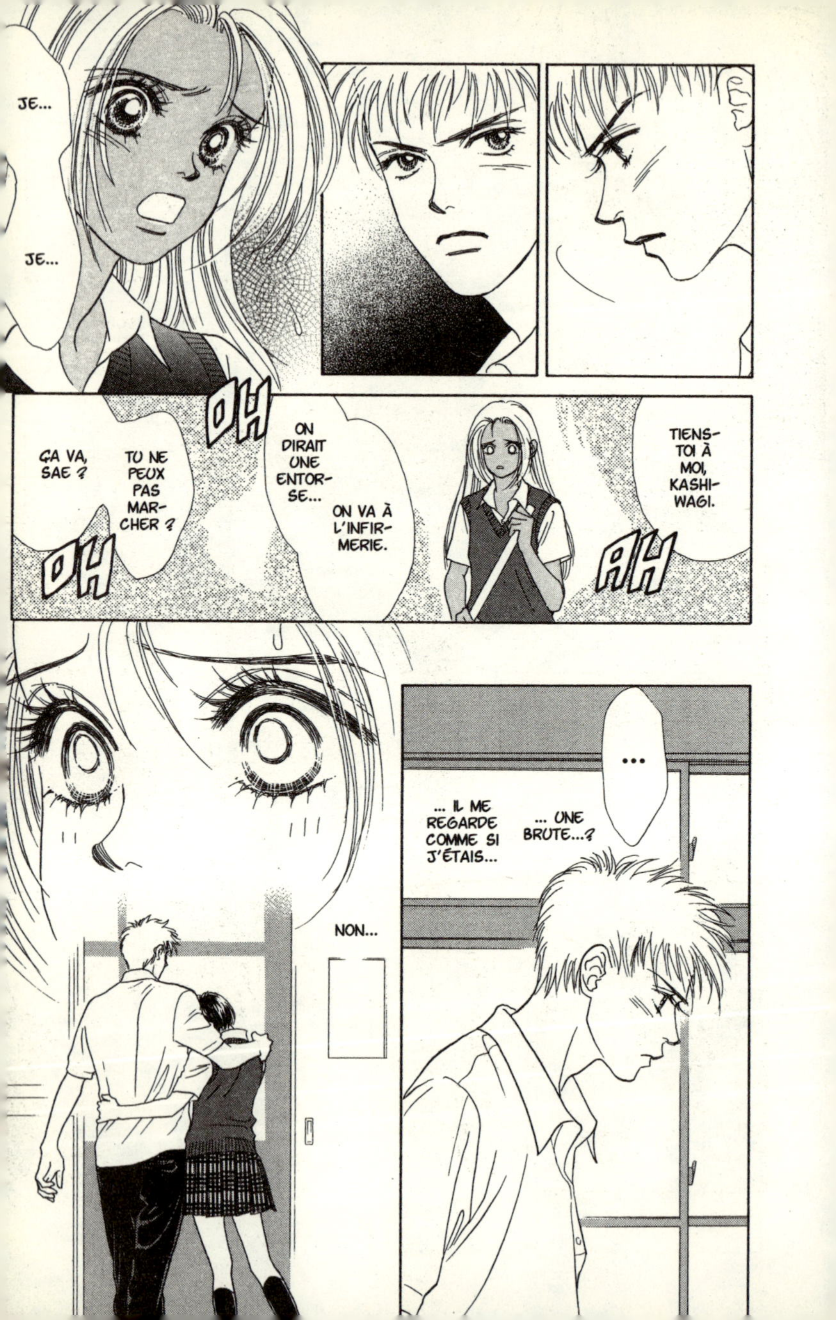
JE...
JE...
TIENS-TOI À MOI, KASHIWAGI.
AH
ON DIRAIT UNE ENTORSE...
ON VA À L'INFIRMERIE.
OH
ÇA VA, SAE ?
TU NE PEUX PAS MARCHER ?
OH
...
... UNE BRUTE...?
... IL ME REGARDE COMME SI J'ÉTAIS...
NON...

QUOI ?
KASHI-WAGI...
CE BLEU, EST-CE QUE C'EST...
"TU NE DOIS PAS PLUS PARLER À SAE !"
...
FUIT
NON...
C'EST RIEN...
...

!?
BÉÉÉÉH
TAP TAP TAP TAP
CHE-VILLE CENSÉE ÊTRE FOULÉE
!?!!
QUELLE ...
... ESPÈCE DE SALE SIMULA-TRICE !!!!
KYAAH !
JE SAVAIS QUE TU JOUAIS LA COMÉDIE ! TU N'ES MÊME PAS BLESSÉE !!
SAE !
RESTE ICI !!

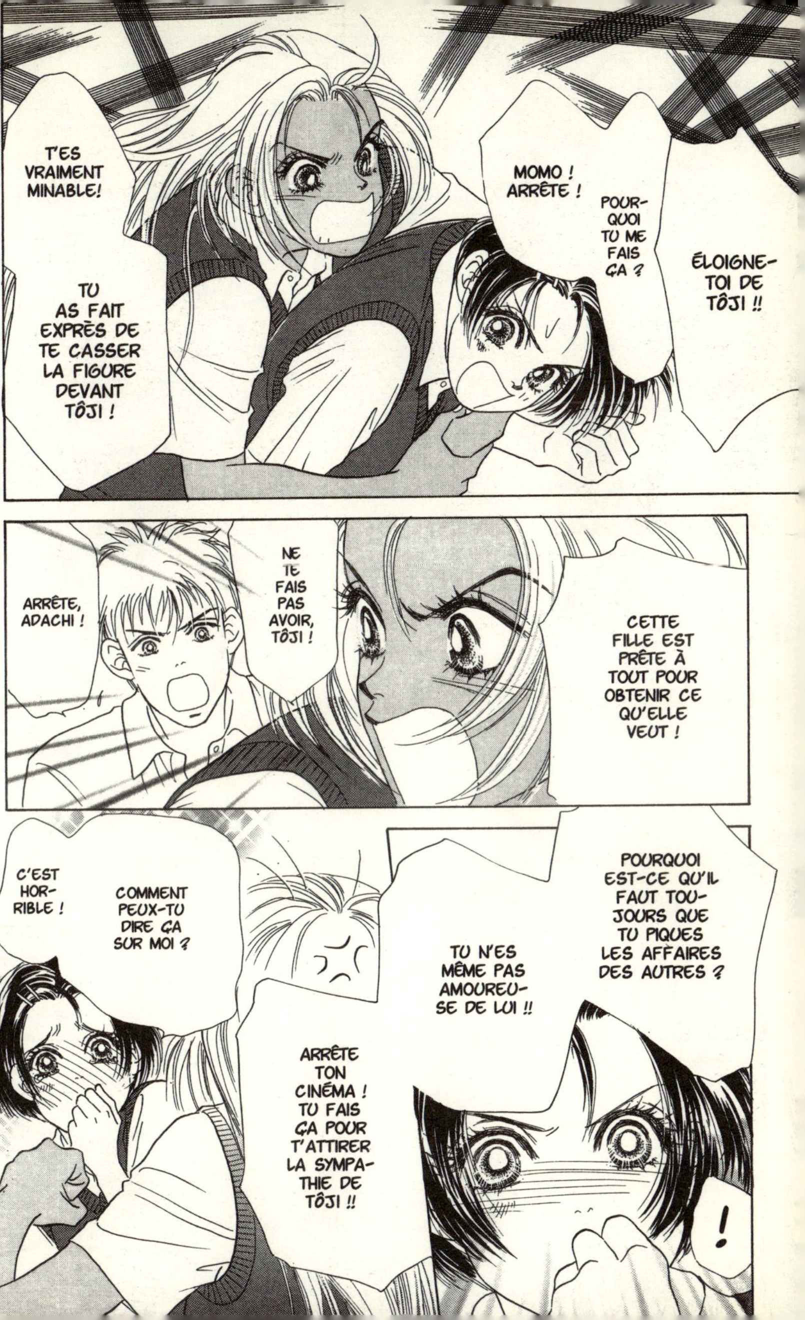

ÉLOIGNE-TOI DE TÔJI !!
MOMO ! ARRÊTE !
POURQUOI TU ME FAIS ÇA ?
T'ES VRAIMENT MINABLE!
TU AS FAIT EXPRÈS DE TE CASSER LA FIGURE DEVANT TÔJI !
CETTE FILLE EST PRÊTE À TOUT POUR OBTENIR CE QU'ELLE VEUT !
NE TE FAIS PAS AVOIR, TÔJI !
ARRÊTE, ADACHI !
POURQUOI EST-CE QU'IL FAUT TOUJOURS QUE TU PIQUES LES AFFAIRES DES AUTRES ?
TU N'ES MÊME PAS AMOUREUSE DE LUI !!
ARRÊTE TON CINÉMA ! TU FAIS ÇA POUR T'ATTIRER LA SYMPATHIE DE TÔJI !!
!
COMMENT PEUX-TU DIRE ÇA SUR MOI ?
C'EST HORRIBLE !

TOI-MÊME !
MEN-TEUSE !
JE FAIS RIEN !
ET LÀ, TU FAIS QUOI ?
QUOI ? ET QUAND EST-CE QUE J'AI ESSAYÉ DE TE PIQUER TES AFFAIRES ?
...
ÇA SUFFIT !!
TÔJI ...?

JE COMPRENDS QUE TU SOIS EN COLÈRE PARCE QUE KASHIWAGI ET MOI ON S'EST EMBRASSÉS...
... MAIS NE T'EN PRENDS PAS À ELLE SEULE.
...
POURQUOI EST-CE QUE TU LA PROTÈGES ?
ET TOI...
... TU NE CROIS PAS QUE TU ES INJUSTE ENVERS KASHIWAGI ?

ARRÊTE DE PARLER COMME ÇA !
TU NE SAIS PAS CE DONT ELLE EST CAPABLE !
MAIS TU NE VOIS PAS QU'ELLE TE MANIPULE !?
TU NE TROUVES PAS ÇA UN PEU CRUEL ?
... QU'ELLE MENT ...
ELLE EST BLESSÉE ET TOUT CE QUE TU TROUVES À DIRE C'EST QU'ELLE EST TOMBÉE EXPRÈS...
C'EST VRAIMENT UNE AMIE SINCÈRE...
KASHIWAGI S'INQUIÈTE BEAUCOUP PLUS POUR TOI QUE TU NE L'IMAGINES !
JE NE T'AURAIS JAMAIS CRUE SI ÉGOÏSTE...

JE ME SUIS TROMPÉ SUR TOI.
WIN NER

PEACH CLUB 1

- LE COIN DES LECTEURS -

Q : " JE N'ARRIVE PAS À LIRE LES CARACTÈRES QUI SERVENT À ÉCRIRE LE NOM DE TÔJI, ILS SE LISENT "TÔJIMORI" ? OU "TÔJIKAMORI" ? "

R : DÉCIDÉMENT, LE NOM DE TÔJI VOUS POSE BEAUCOUP DE PROBLÈMES, AMIS LECTEURS ! (RIRES). LA BONNE RÉPONSE EST "TÔJIGAMORI" !

QUAND J'ÉTAIS AU COLLÈGE, L'ENTRAÎNEUR DE L'ÉQUIPE DE NATATION S'APPELAIT COMME ÇA (MAIS ÇA S'ÉCRIVAIT DIFFÉREMMENT). C'EST UN NOM VRAIMENT TRÈS RARE ! COMME J'AVAIS DÉCIDÉ QUE MOMO FERAIT PARTIE DE L'ÉQUIPE DE NATATION, J'AI EU ENVIE D'UTILISER CE NOM, UN PEU PAR NOSTALGIE...

BONJOUR, ENTRAÎNEUR ! ÇA VA ?

...
...
HAAAAH
"TU NE CROIS PAS QUE TU ES INJUSTE ENVERS KASHIWAGI ?"
"JE NE T'AURAIS JAMAIS CRUE SI ÉGOÏSTE..."
"JE ME SUIS TROMPÉ SUR TOI."

JE ME TUE À TE DIRE QUE...
... CETTE FILLE N'EST QU'UNE SALE MENTEUSE !!
POURQUOI EST-CE QUE TU CROIS TOUT CE QUE SAE DIT ?
POUF
ESPÈCE D'IDIOT !!!
IDIOT !
IDIOT !
IDIOT !
POURQUOI EST-CE QUE TU NE VEUX PAS ME CROIRE ?
"TU NE DOIS PLUS PARLER À SAE !"
"POUSSE-TOI !"
"ÉLOIGNE-TOI DE TÔJI !!"
IDIOT !
...

...
... TÔJI VA CROIRE QUE JE SUIS UNE GROSSE BRUTE ÉGOÏSTE ET CAPRICIEUSE !!
SI ÇA CONTINUE COMME ÇA...
OH ! MY GOD !
LES APPARENCES SONT CONTRE MOI !
TU M'ÉTONNES QU'IL NE ME CROIT PAS !!
IL FAUT QUE JE LUI PARLE... QUE JE LUI DISE LA VÉRITÉ SUR SAE !

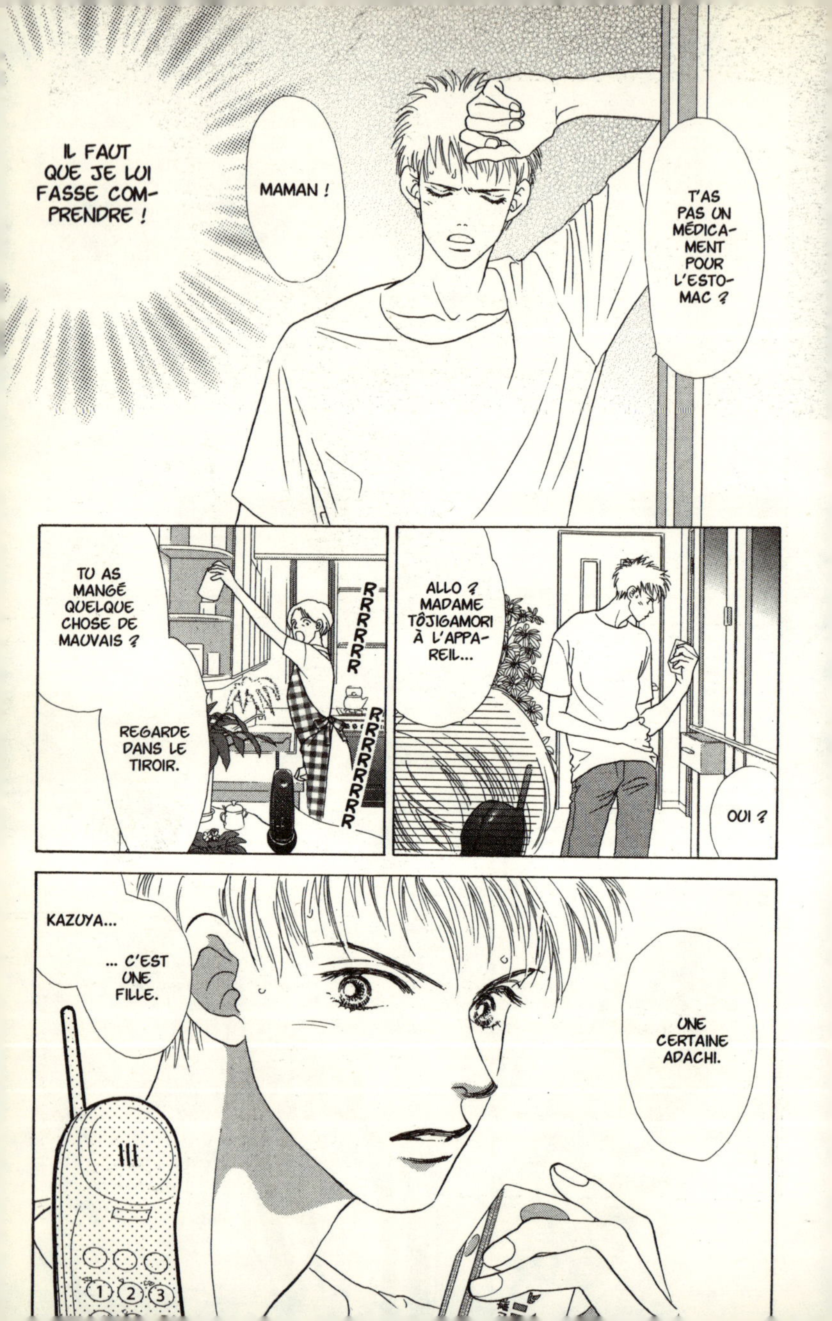
IL FAUT QUE JE LUI FASSE COMPRENDRE !
MAMAN !
T'AS PAS UN MÉDICAMENT POUR L'ESTOMAC ?
TU AS MANGÉ QUELQUE CHOSE DE MAUVAIS ?
REGARDE DANS LE TIROIR.
RRRRRR
RRRRRRRRR
ALLO ? MADAME TÔJIGAMORI À L'APPAREIL...
OUI ?
KAZUYA...
... C'EST UNE FILLE.
UNE CERTAINE ADACHI.

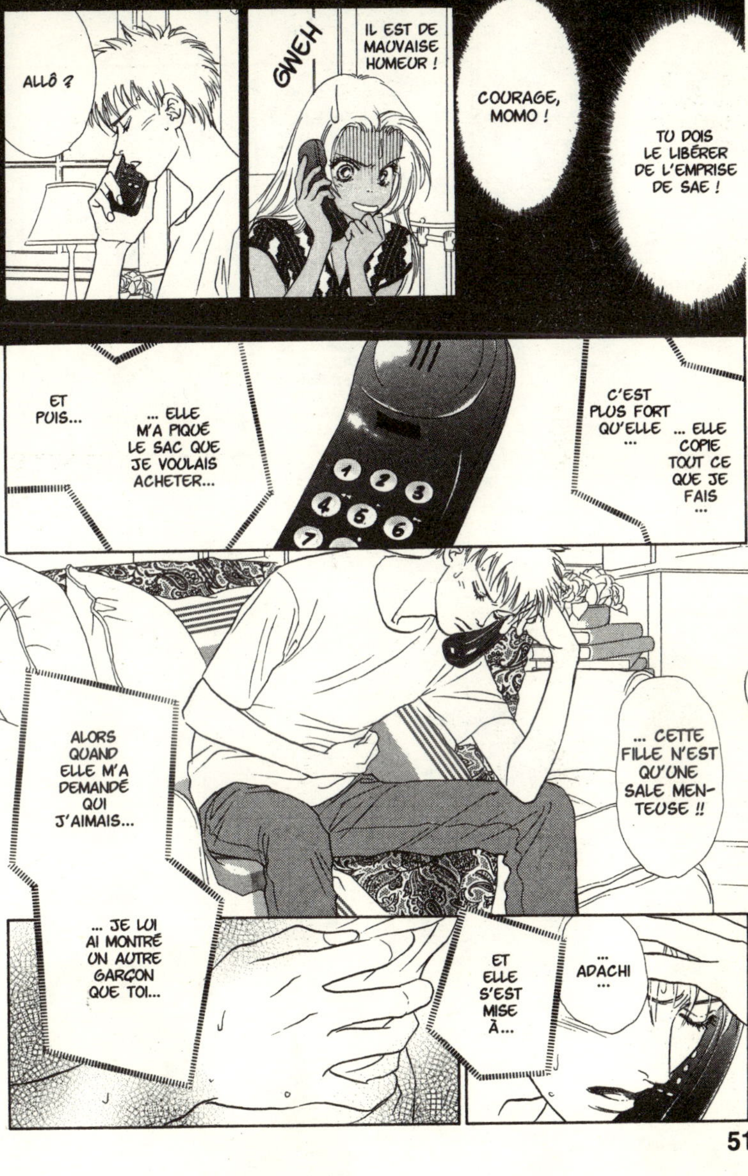
TU DOIS LE LIBÉRER DE L'EMPRISE DE SAE !
COURAGE, MOMO !
IL EST DE MAUVAISE HUMEUR !
GWEH
ALLÔ ?
C'EST PLUS FORT QU'ELLE ...
... ELLE COPIE TOUT CE QUE JE FAIS ...
ET PUIS...
... ELLE M'A PIQUÉ LE SAC QUE JE VOULAIS ACHETER...
... CETTE FILLE N'EST QU'UNE SALE MEN-TEUSE !!
ALORS QUAND ELLE M'A DEMANDÉ QUI J'AIMAIS...
... JE LUI AI MONTRÉ UN AUTRE GARÇON QUE TOI...
... ADACHI ...
ET ELLE S'EST MISE À...

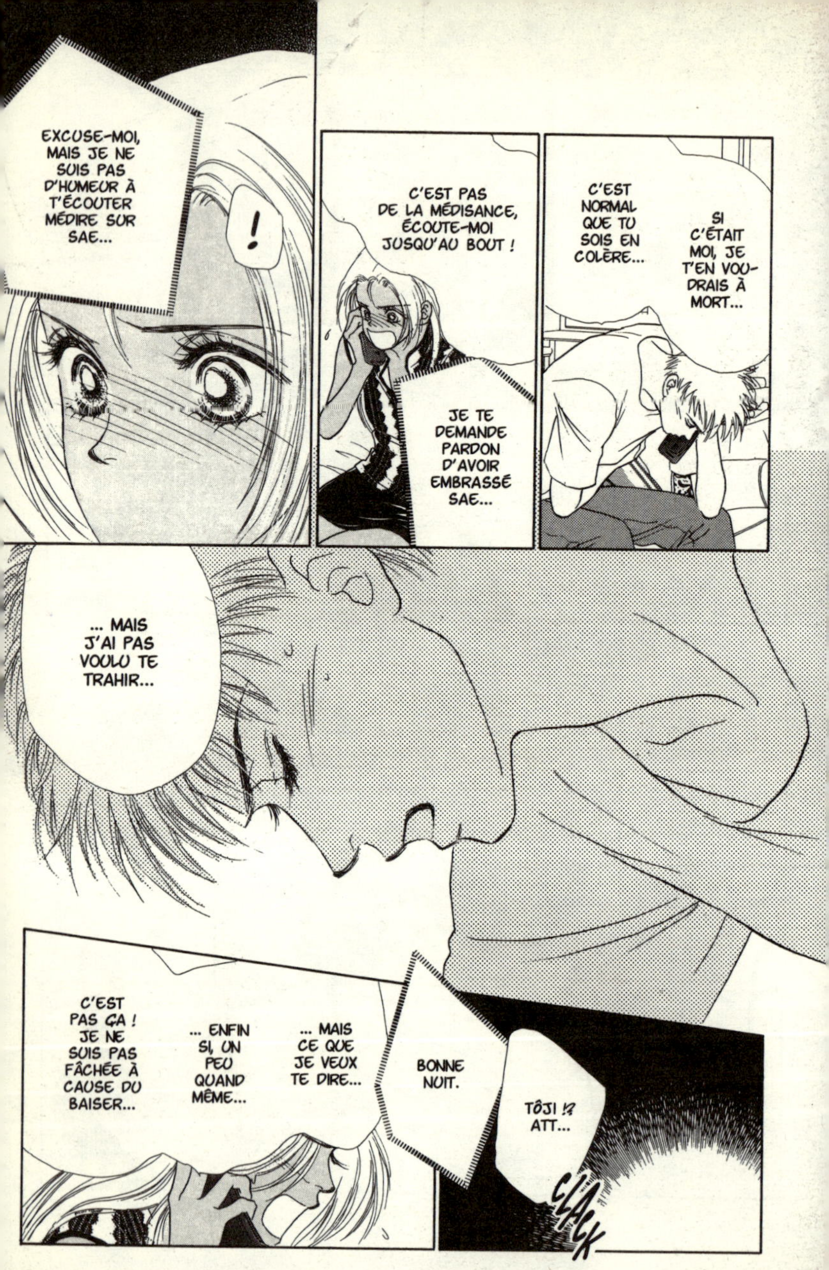
EXCUSE-MOI, MAIS JE NE SUIS PAS D'HUMEUR À T'ÉCOUTER MÉDIRE SUR SAE...
!
C'EST PAS DE LA MÉDISANCE, ÉCOUTE-MOI JUSQU'AU BOUT !
C'EST NORMAL QUE TU SOIS EN COLÈRE...
SI C'ÉTAIT MOI, JE T'EN VOUDRAIS À MORT...
JE TE DEMANDE PARDON D'AVOIR EMBRASSÉ SAE...
... MAIS J'AI PAS VOULU TE TRAHIR...
C'EST PAS ÇA ! JE NE SUIS PAS FÂCHÉE À CAUSE DU BAISER...
... ENFIN SI, UN PEU QUAND MÊME...
... MAIS CE QUE JE VEUX TE DIRE...
BONNE NUIT.
TÔJI !? ATT...
CLACK

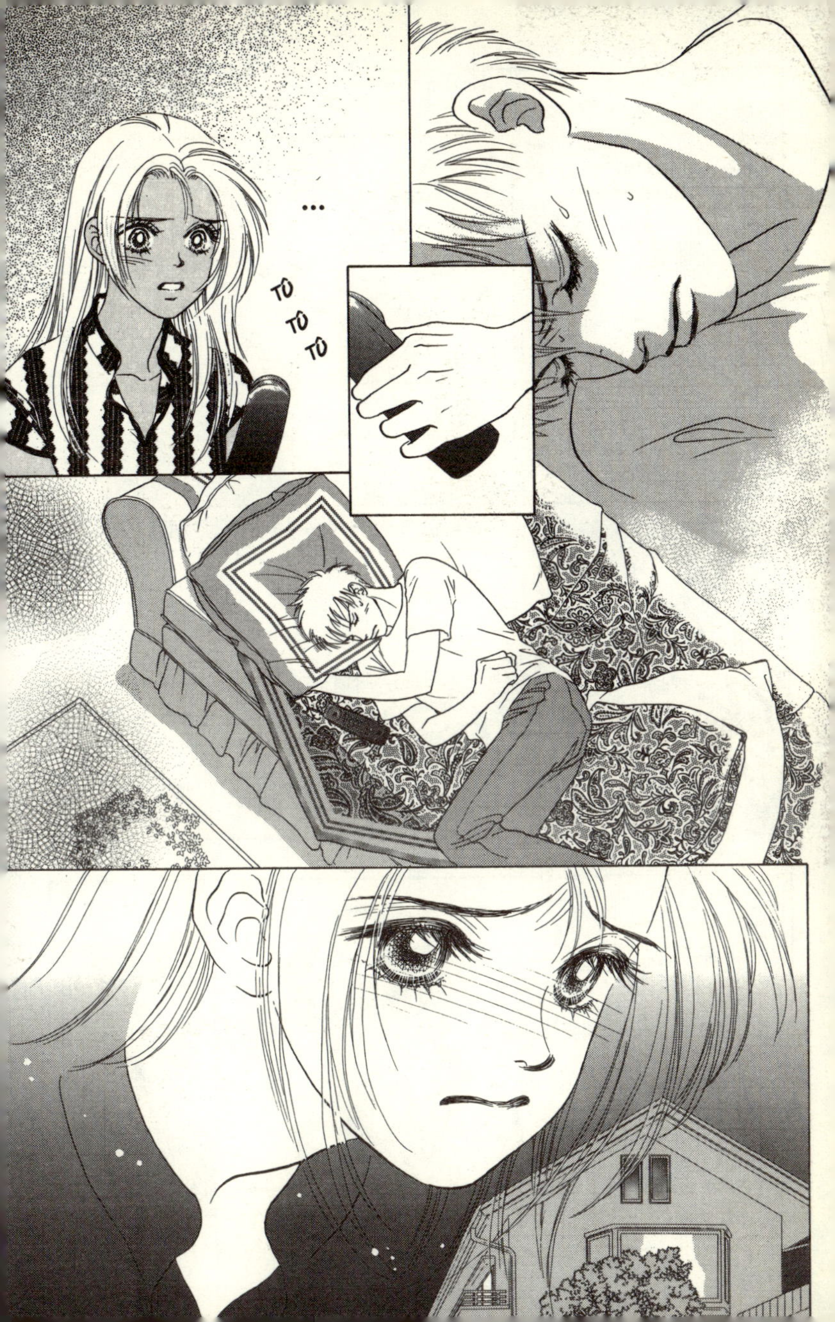
...
TÛ
TÛ
TÛ

MOOMOO !!
DÉPÊCHE-TOI DE TE LEVER !
NE VIENS PAS TE PLAINDRE SI TU ES EN RETARD À L'ÉCOLE !
ÇA SUFFIT ! MOI JE VAIS TRAVAILLER !
GNNN...
ZWIIIF...
DOYON
AH !
AU FAIT...
...
BIEN, ON COMMENCE LE COURS D'ORAL.
ABSENTS : TÔJIGAMORI ET ADACHI.

LES PARENTS DE TÔJI-GAMORI ONT TÉLÉPHONÉ CE MATIN...
IL EST À L'HÔPITAL, ON L'A OPÉRÉ DE L'APPENDICITE.
!
TÔJI ...!?
LES EXAMENS TRIMESTRIELS APPROCHENT, ALORS CEUX QUI IRONT LE VOIR SERONT GENTILS DE LUI APPORTER LES COURS.
...
Charity begins at home
He devoted his entire fortune to ch
C'EST QUOI CETTE HISTOIRE !?
C'EST PAS VRAI !?
TAP TAP TAP
PSS
C'EST QUOI ?
PSS
UN MOT...
LIS-LE ET FAIS PASSER...
PSS
À TOUTE LA CLASSE ?

MÊME SI JE N'AI PAS DORMI DE LA NUIT...
... PLUTÔT MOURIR DE FATIGUE QUE DE LAISSER LE CHAMP LIBRE À SAE !
HUF !
PUF
PUF
1 - 3
JE ME SUIS RENDORMIE ! QUELLE TOILE !
DA
DA
DA
HUF
CLACK
FFUUUUUU
HEIN ...?

MAIS QUOI ?
POURQUOI ILS ONT TOUS ARRÊTÉ DE PARLER QUAND JE SUIS ENTRÉE ?
C'EST GÊNANT...
C'EST SI RARE QUE ÇA, LES RETARDATAIRES ?
ABSENTS : TÔJIGAMORI ADACHI
RESPONSABLES DE CLASSE : TANAKA HARUKI
ABSENTS : TÔJIGAMORI ADACHI
QUOI ?
DONG DONG DING
QU'EST-CE QU'IL A ?
TÔJI NE VIENT PAS AUJOURD'HUI ?
NON !
IL EST MALADE ?
... MAIS JE NE SAIS PAS SI ÇA FINIRA MIEUX QU'HIER...
JE L'APPELLERAI BIEN EN RENTRANT...
VOUS AUREZ ÇA À L'EXAMEN !
EN FAIT...
... JE NE SAIS PAS SI C'EST TANT MIEUX OU PAS...

SALE POUFFE !
CHUCHOTE
QU...?
!?
CHUCHOTE
...
BLAH
BLAH
HA
...

OH !
PSSSSSS
PSSSS
PSSSSSS
...
QU ...
MAIS QU'EST-CE QU'ILS ONT ?
C'EST QUOI LEUR PRO-BLÈME !?
TOC
TOC
YAMADA
HORI
TIGAMORI
ENTREZ !
BONJOUR !
KASHI-WAGI !
LE PROF NOUS A DIT POUR TON APPEN-DICITE !
ÇA VA ? TU AS DÉJÀ ÉTÉ OPÉRÉ ?
OUI.
TIENS, ÇA C'EST DE LA PART DE TOUTE LA CLASSE, ET ÇA C'EST LES COURS.
THANK YOU !

DEPUIS QUAND TU AVAIS MAL AU VENTRE ?
TU AVAIS POURTANT L'AIR D'ALLER BIEN HIER...
EN FAIT...
... J'AI EU MAL JUSTE AVANT LE DÎNER.
UNE DOULEUR SOURDE...
...
JE PEUX PRENDRE CE VASE ?
KASHIWAGI...
... TU ES VENUE SEULE ?
EUH...
OUI...
J'AI PROPOSÉ À MOMO DE VENIR ENSEMBLE, MAIS...
...
...
AH BON...
TÔJI, JE PEUX TE POSER UNE QUESTION ?
SÛR !
MAIS TU VIENS DE TE FAIRE OPÉRER, CE N'EST PAS LE BON MOMENT...
OUBLIE ÇA...
QUOI ?
VAS-Y, DIS-MOI !
...
JE VOUDRAIS SAVOIR ...

QUAND ON TE L'A RASÉ... TU AS EU PEUR ?
KASHI-WAGI !!
HA ! HA ! HA !
PARDON, PARDON !!
BON, JE RENTRE ! PRENDS SOIN DE TOI !
HEIN ?
DÉJÀ ?
SI JE RESTE TROP LONGTEMPS, MOMO VA MAL LE PRENDRE...
HE ! HE !
...
AH !
JE PEUX FAIRE QUELQUE CHOSE POUR TOI ?
...
J'AI UN MES-SAGE ...

QUEL MES-SAGE ?
ADACHI M'A TÉLÉPHONÉ HIER...
... MAIS J'AVAIS TROP MAL AU VENTRE POUR ÉCOUTER CE QU'ELLE DISAIT...
... JE CROIS BIEN QUE JE LUI AI RAC-CROCHÉ AU NEZ...
TU POURRAIS LUI DIRE DE MA PART...
... QUE JE SUIS DÉSOLÉ ?
BIEN SÛR !
SANS PROBLÈ-ME !

OH ! UN BLEU !
SOFT
WETISSUE
ON ENLÈVE LE BLEU...
... FACTICE !
DÉLICATEMENT.
BLANCHEUR ÉCLATANT
ET LE TOUR EST JOUÉ !
FWIP
ON NE DOIT PAS JETER SES ORDURES PAR TERRE !
ABSENT : TÔJIGAMORI
BONJOUR !
T'ES À LA BOURRE !
J'AURAIS DÛ L'APPELER HIER !
IL N'EST PAS DU GENRE À MANQUER LES COURS POUR RIEN !

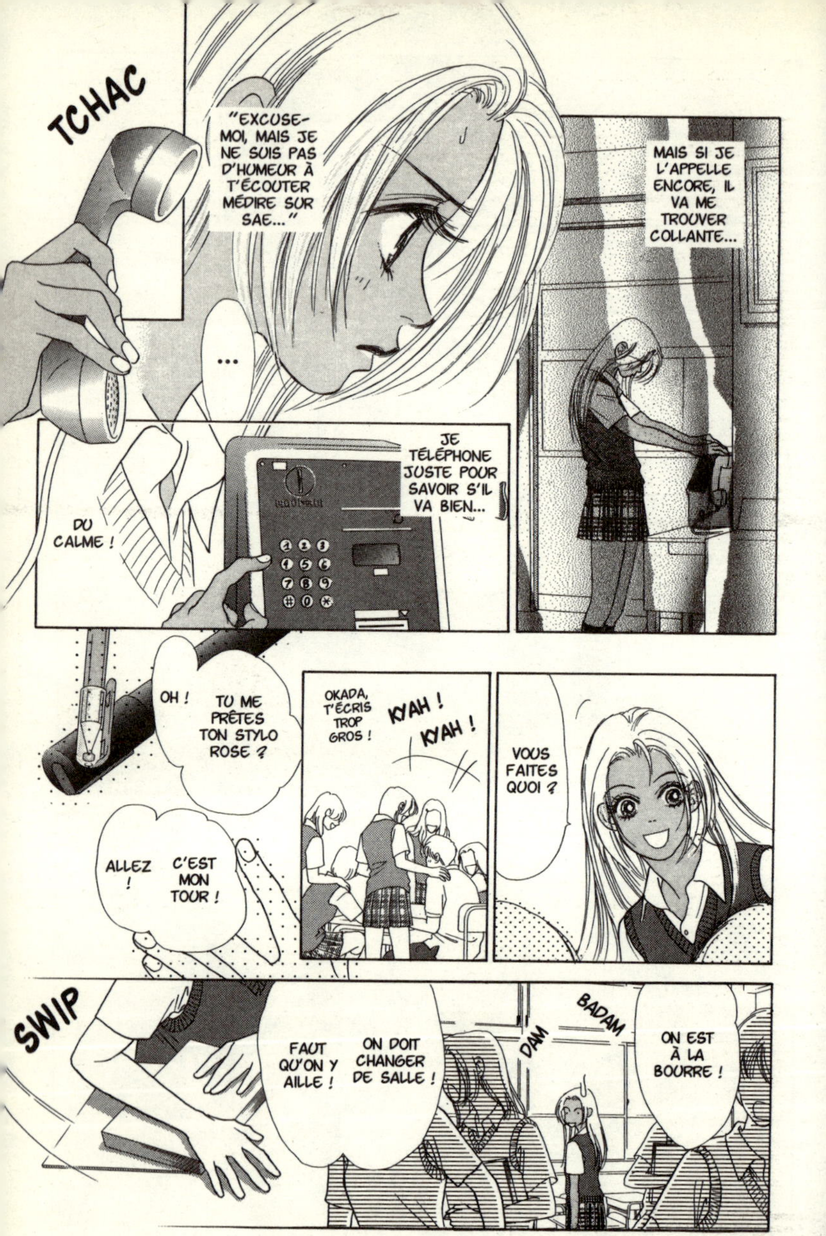
"EXCUSE-MOI, MAIS JE NE SUIS PAS D'HUMEUR À T'ÉCOUTER MÉDIRE SUR SAE..."
MAIS SI JE L'APPELLE ENCORE, IL VA ME TROUVER COLLANTE...
TCHAC
...
JE TÉLÉPHONE JUSTE POUR SAVOIR S'IL VA BIEN...
DU CALME !
VOUS FAITES QUOI ?
OKADA, T'ÉCRIS TROP GROS !
KYAH !
KYAH !
TU ME PRÊTES TON STYLO ROSE ?
OH !
C'EST MON TOUR !
ALLEZ !
ON EST À LA BOURRE !
BADAM
DAM
ON DOIT CHANGER DE SALLE !
FAUT QU'ON Y AILLE !
SWIP

TIENS, TOUTE LA CLASSE T'A ÉCRIT UN PETIT MOT !
HA ! HA !
QUEL IDIOT, CET INOUE !
AÏE ! AÏE !
J'AI MAL QUAND JE RIS !
...
ADACHI...
CLASSE 3
FIGHT !
DRAGUE PAS LES INFIRMIÈRES ! NODA
C'EST PAS L'APPENDICITE, C'EST UN CACA NERVEUX ! INOUE
RENDS-MOI MES THUNES ! MAYU
TOUS AVEC TOJI (GAMORI)
COURAGE !
T'AVAIS UN PET DE COINCÉ ?
JE VAIS VENIR TE VOIR LA NUIT, BELLE AU BOIS DORMANT ! TON HIDE CHÉRI
TRAÎTRE ! ON DEVAIT FAIRE ÉQUIPE !
TAKE
GUÉRIS VITE !
ACCOUCHE D'UN BEAU BÉBÉ !
POUSSE UN BON COUP !
... ELLE N'A RIEN ÉCRIT...
AUJOURD'HUI AUSSI JE LUI AI PROPOSÉ DE VENIR, MAIS...
...

HEIN ?
JE SUIS DÉSOLÉE...
MMF...
PAF
C'EST MA FAUTE SI TOUT VA MAL ENTRE VOUS...
COMME ÇA, JE SUIS SÛRE QUE MOMO...
... ET JE NE VIENDRAI PLUS ICI !
JE NE M'APPROCHERAI PLUS DE MOMO...
...
KASHIWAGI...
AH !
KASHIWAGI !!
ADIEU !

AH !
MOMO !
MOOMOOO !
MIAAM
AU CHO CHO CHO CHOCOLAT !
MON PETIT PAIN CHÉRI-EUH !
ZWIP
ZWIP
ÇA SE VOIT PAS ?
TU FAIS QUOI ?
?
HI ! HI ! HI
JE ME DISAIS BIEN QU'IL Y AVAIT QUELQUE CHOSE...
DEPUIS CE MATIN, TOUT LE MONDE RIGOLE SUR MON PASSAGE !
C'EST TROP OBSCÈNE, ON PEUT PAS DESSINER ÇA !
WAOOOOUH !! ♡
QUELQU'UN LES A RECOUVERTES DE DESSINS OBSCÈNES !
JE COLORIE LA SEMELLE DE MES CHAUSSURES AVEC UN FEUTRE NOIR.

TU SAIS QUI A FAIT ÇA ?
ZWIP
Y A QUE SAE POUR FAIRE CE GENRE DE TRUCS MINABLES !
ZWIP
ZWIP
CEST SÛR...
C'EST BIEN LA PREMIÈRE FOIS QUE QUELQU'UN ME CROIT ! POURQUOI ?
C'EST UNE LONGUE HISTOI-RE...
TÔJI SE FÂCHERAIT S'IL M'ENTENDAIT ACCUSER UNE AMIE...
AH ! AH ! AH ! C'EST VRAI-MENT UN PETIT GARS SÉRIEUX !
TIENS, AU FAIT, IL EST OÙ TÔJI ?
T'AS PAS DÉJEU-NÉ AVEC LUI ?
IL EST ABSENT ... ... DEPUIS 3 JOURS.
C'EST BIZARRE... JE TOMBE TOUJOURS SUR SON RÉPONDEUR QUAND J'APPELLE.
J'AI DEMANDÉ À SES COPAINS S'ILS AVAIENT DES NOUVELLES, MAIS ILS DISENT QUE NON...
IL EST PEU ÊTRE RETOURNÉ EN PROVINCE AVEC SA FAMILLE ?
POUR UN ENTERRE-MENT ?
ET LE PROF PRIN-CIPAL ?
LUI, IL DOIT SAVOIR, NON ?
J'Y AI DÉJÀ PENSÉ, MAIS IL N'EST PAS LÀ NON PLUS...
QUELLE POISSE !

ILS CHUCHOTENT DANS MON DOS...
... ET ILS ME LANCENT DES REGARDS NOIRS...
IL N'Y A PAS QUE ÇA... IL SE PASSE UN TRUC AVEC LES ÉLÈVES DE MA CLASSE...
ILS ONT VRAIMENT PEUR DE RIEN DANS LA CLASSE 3 !!
PAS VRAIMENT...
C'EST PAS AUSSI GRAVE...
TU ES LE SOUFFRE-DOULEUR DE TA CLASSE ?
QUOI ?
WHIIISSH
!
ÇA VA PAS LA TÊTE ? POUR QU'ON DISE QUE...
LA SONNERIE !
LA SONNERIE !
DONG DONG
DING
T'AS QU'À VENIR ME VOIR PENDANT LES PAUSES !
T'ES LA BIENVENUE ...♡
AAAH ! J'AI PAS ENVIE DE RETOURNER EN CLASSE !

WAAAAH !
GRAB

BOUM
TOMMMMMMNK
...
NAAAN ! J'AI BIEN VU QUE TU AS FAIT EXPRÈS DE ME POUSSER !
JE SUIS DÉSOLÉE ! MON PIED A GLISSÉ...
TU AS ESSAYÉ DE M'ASSASSINER !
AAAAAH !
OKAYASU ?
ÇA VA...?
O...
... OKAYASU ?

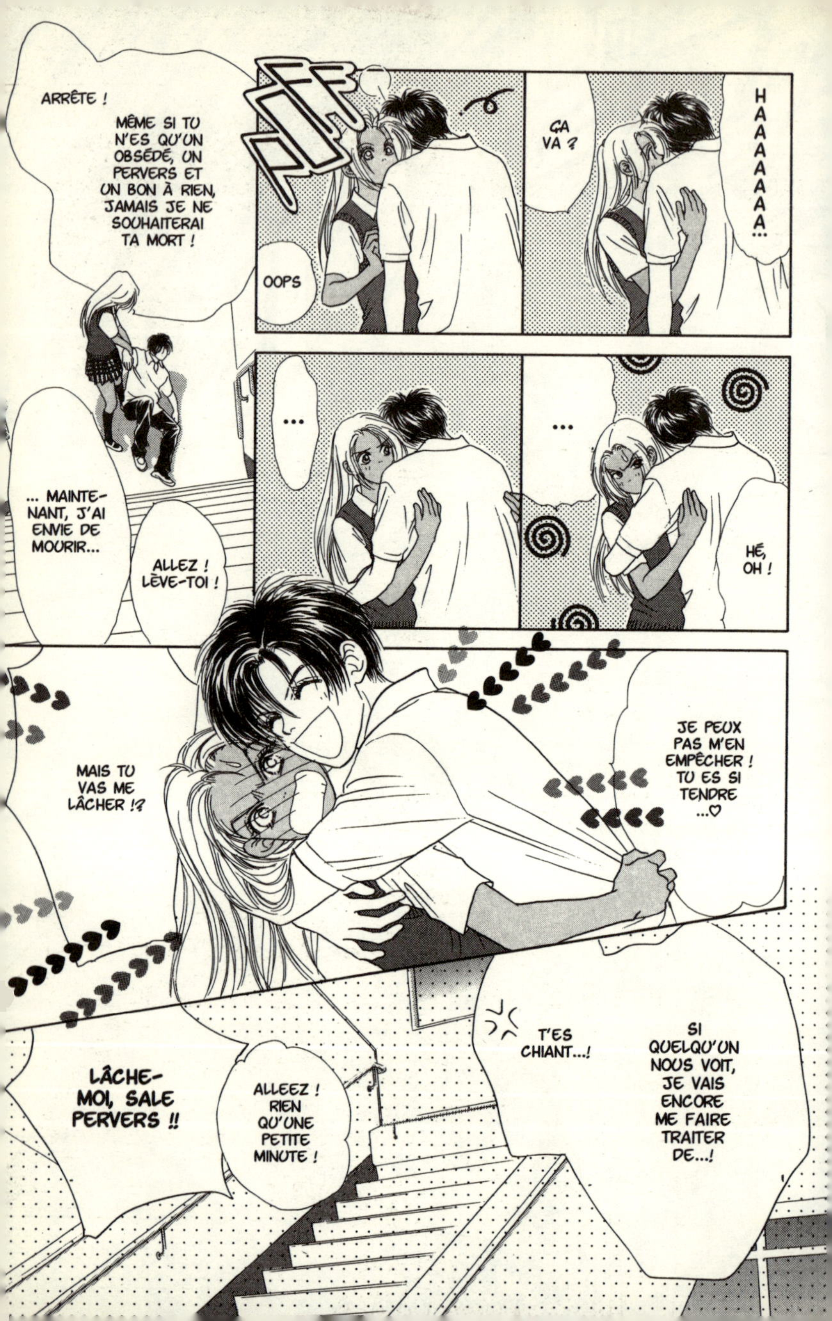
HAAAAAAAA...
ÇA VA ?
OOPS
ARRÊTE !
MÊME SI TU N'ES QU'UN OBSÉDÉ, UN PERVERS ET UN BON À RIEN, JAMAIS JE NE SOUHAITERAI TA MORT !
...
HÉ, OH !
...
... MAINTENANT, J'AI ENVIE DE MOURIR...
ALLEZ ! LÈVE-TOI !
JE PEUX PAS M'EN EMPÊCHER ! TU ES SI TENDRE ...♡
MAIS TU VAS ME LÂCHER !?
SI QUELQU'UN NOUS VOIT, JE VAIS ENCORE ME FAIRE TRAITER DE...!
T'ES CHIANT...!
ALLEEZ ! RIEN QU'UNE PETITE MINUTE !
LÂCHE-MOI, SALE PERVERS !!

KYAH ! AH ! AH !
JE TE CROIS PAS !
OH NON !

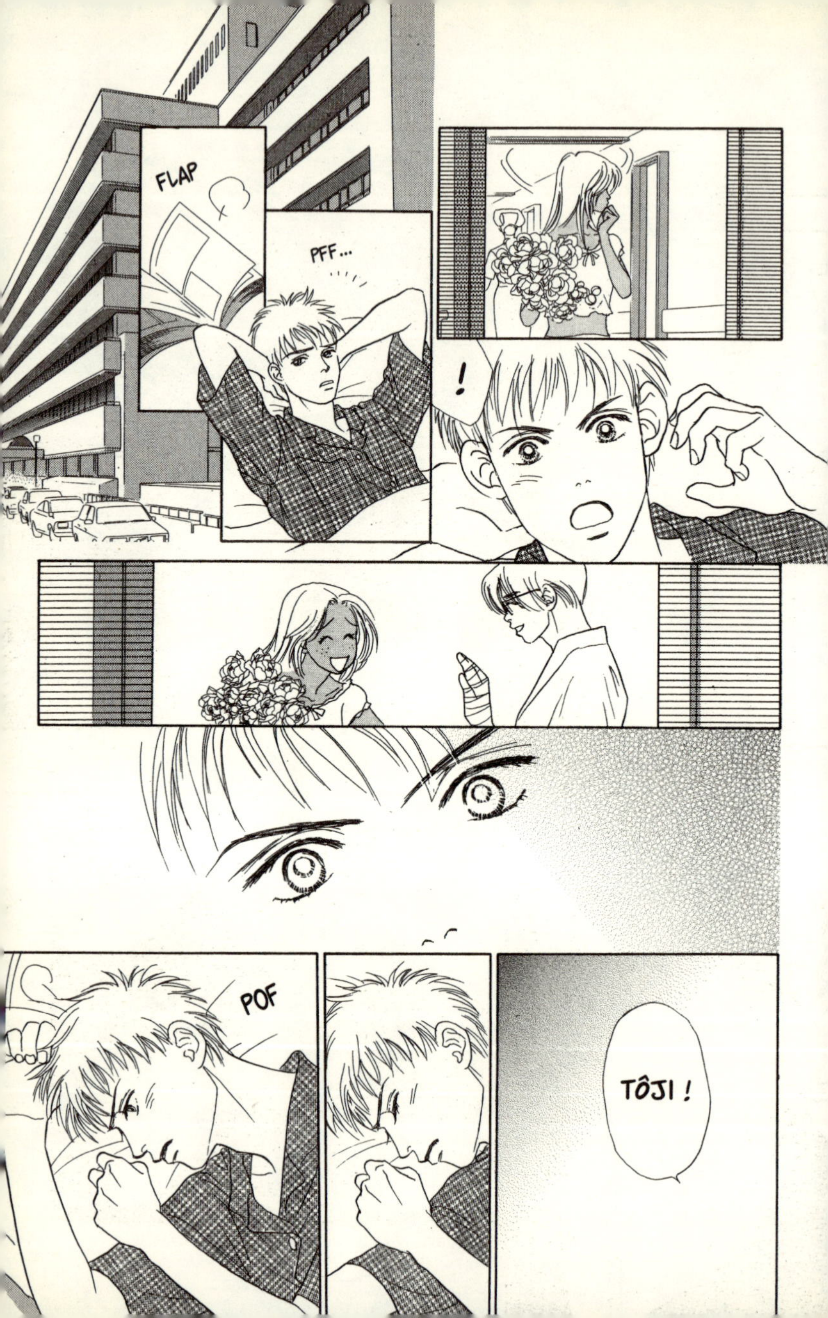
FLAP
PFF...
!
POF
TÔJI !

AH !
JE SAIS QUE J'AVAIS PROMIS DE NE PLUS VENIR, MAIS...
JE SUIS DÉSOLÉE...
C'EST TOI, KASHIWAGI...
AH !

NE RESTE PAS DEBOUT ! ASSIEDS-TOI LÀ...
ARRÊTE ! ÇA ME FAIT PLAISIR, JE T'ASSURE !
ÇA NE VA PAS ?
KASHI-WAGI ?
...
... JE...
...
JE NE COMPRENDS PLUS MOMO !!

QUOI ?
EST-CE QUE C'EST VRAI KAIRI !?
TU AS VRAIMENT PRIS MOMO ADACHI DANS TES BRAS ?

ELLE VOLE SANS SCRUPULE LES COPAINS DES AUTRES !
C'EST PAS UNE FILLE BIEN !
J'AI PAS LE DROIT ?
NE NOUS DIS PAS QUE TU ES VRAIMENT AMOUREUX D'ADACHI !
ELLE A MÊME ESSAYÉ DE PIQUER LE COPAIN DE SA MEILLEURE AMIE !
C'EST MINABLE !!
ET LE COPAIN DE SA MEILLEURE AMIE...?
C'EST QUOI CETTE HISTOIRE ? LA MEILLEURE AMIE DE MOMO, C'EST QUI ?
SAE KASHIWAGI !
TÔJIGAMORI !
HEIN ...!?

OUI !!
VOUS TENEZ ÇA D'OÙ ?
... QUI EST LE MEC DE SAE...!?
UNE MINUTE, JE RÉSUME : MOMO A ESSAYÉ DE DRAGUER TÔJI...
DANS LA CLASSE 3, TOUT LE MONDE LE SAIT !
M'ENFIN !
J'AI RIEN À TE DIRE !
LAISSE-MOI TRANQUILLE !
MOMO ! C'EST LA CATA !! LA CATA !! LA CATA !!
MOMOOOOO !
!!

QUAND JE PENSE QUE TOUTE L'ÉCOLE PARLE ENCORE DE NOTRE BAISER ! ET VOILÀ...
À CAUSE DE TOI, ILS VONT ENCORE RACONTER DES SALETÉS SUR MOI DEMAIN !
MOMO !
TÔJI A EU L'APPENDICITE, IL EST A L'HÔPITAL !!

ADACHI...
... ET OKA-YASU ?
PAR-DON !
JE NE DEVRAIS PAS TE DIRE TOUT ÇA ALORS QUE TU ES À L'HÔPITAL, MAIS...
... TU AURAIS FINI PAR L'APPRENDRE DE TOUTE FAÇON...
... ALORS J'AI PENSÉ QUE LE PLUS TÔT SERAIT LE MIEUX...
...
ADACHI ...
... ET OKAYA-SU...?
...
NON !

ALORS QUE TU ES...
POUR-QUOI...?
JE NE COMPRENDS PAS POUR-QUOI MOMO AGIT COMME ÇA !
COMMENT EST-CE QU'ELLE A PU TE FAIRE ÇA ?

IL Y A 3 JOURS EN COURS D'ORAL, LE PROF A DIT À LA CLASSE...
... QUE TÔJI VENAIT D'ÊTRE HOSPITALISÉ POUR L'APPENDICITE.
SAE EN A PROFITÉ POUR RACONTER DES SALADES AUX ÉLÈVES...
TÔJI EST À L'HÔPITAL... À L'HÔPITAL... À L'HÔPITAL !?
JE SUIS ARRIVÉE EN RETARD CE JOUR-LÀ...
IL Y A 3 JOURS ...!?
"SI MOMO VOUS DEMANDE OÙ EST TÔJI, SURTOUT NE LE LUI DITES PAS !
"JE VOUDRAIS POUVOIR PRENDRE SOIN DE TÔJI PENDANT SON HOSPITALISATION...
"... SANS QU'ELLE VIENNE SE METTRE ENTRE NOUS..."
CRAAACK
YEEK !
C'ÉTAIT QUOI CE BRUIT ?
CETTE...
ESPÈCE DE...
GRRR
GRRR

HAA !
MO... MOMO... RESTE CALME !
DOM
DOM
SAEEEE, JE VAIS TE FAIRE LA PEAU !!
POURQUOI C'EST TOUJOURS MOI QUI PREND ?
OUIN

PEACH CLUB 2

Q : "EST-CE QUE "PEACH GIRL" EST TIRÉ DE VOTRE EXPÉRIENCE PERSONNELLE AU LYCÉE ?"

R : PAS VRAIMENT ! (RIRES) IL Y AVAIT BIEN DES SAE DANS MON ENTOURAGE, MAIS ELLES NE M'ONT JAMAIS CAUSÉ D'ENNUIS DANS MA VIE AMOUREUSE !

COMME J'AI DIT DANS LE TOME 1 QUE MOMO ÉTAIT LE PERSONNAGE QUI ME RESSEMBLE LE PLUS, BEAUCOUP DE LECTEURS FONT L'AMALGAME ENTRE MOMO ET MOI, ALORS JE DOIS ÉCLAIRCIR LA SITUATION : JE N'AI NI LE PHYSIQUE, NI LE STYLE DE MOMO (NE M'IDÉALISEZ PAS !). C'EST SEULEMENT QUE DE TOUS LES PERSONNAGES QUE J'AI CRÉÉS, C'EST CELUI DONT LE CARACTÈRE EST LE PLUS PROCHE DU MIEN ! (RIRES) MAIS JE N'AI JAMAIS FRAPPÉ PERSONNE !

MO... MOMO !
TU VAS TROP VIIITE !!
LA FERME !!
TU VAS FINIR PAR TE MORDRE LA LANGUE !
TUNK
BONK
GANG
HIGYAAH!!
MON DERRIÈ-RE !
RAAAAAH !
BANDE DE SALOPARDS ! TOUT LE MONDE ÉTAIT AU COURANT SAUF MOI !
ILS SE SONT TOUS RANGÉS DU CÔTÉ DE SAE !!

CE SOURIRE VAINQUEUR SUR LA FIGURE DE SAE ! RIEN QUE D'Y PENSER J'AI ENVIE DE VOMIR !!
OKA-YASU !
T'AS INTÉRÊT À EXPLIQUER À TÔJI QUE C'EST TOI QUI M'AS SAUTÉ DESSUS !
SAE N'A PAS DÛ SE PRIVER POUR LUI RACONTER DES BOBARDS !
JE...
JE VEUX BIEN, MAIS POURQUOI TU M'AS ATTACHÉ ?
POUR PAS QUE TU ME TRIPOTES GROS CRÉTIN !!
T'ES PAS ZEN-TILLE !
C'EST MOI QUI T'AI TROUVÉ UN VÉLO !

CETTE FOIS, TU NE T'EN TIRERAS PAS !!
PRÉPARE-TOI, SAE !!
HIIIIIIIII !
AAAAAAA

QUAND TU ME L'AS DIT, J'AI TROUVÉ ÇA VRAIMENT BIZARRE...
MAIS JE CROIS QUE J'AI COMPRIS AUJOURD'HUI.
ELLE SORTAIT AVEC OKAYASU ET TOI EN MÊME TEMPS !
POURQUOI VOULOIR CACHER QUE VOUS SORTEZ ENSEMBLE ?
JE NE LA CROYAIS PAS COMME ÇA.
JE N'AIME PAS DIRE DU MAL DE MES AMIES, MAIS...

JE NE LE LUI PARDONNERAIS PAS !
JE LE QUITTERAIS !
MOI, JE NE POURRAIS JAMAIS SUPPORTER QUE MON COPAIN ME TROMPE !
...
JE NE VEUX PAS DIRE QUE TU DEVRAIS ROMPRE...
PARDON !
AH !
LE CHAUFFEUR DORT OU QUOI ?
MAIS QUEL TAS DE TÔLE CE TRAIN !
RAAAAH !

TAP TAP
JE SAIS !
JE COMPRENDS QUE TU SOIS PRESSÉE, MAIS C'EST PAS EN MARCHANT DANS LE TRAIN QU'ON ARRIVERA PLUS VITE...
TAPP TAPP
MOMOOO ! POURQUOI ON PEUT PAS S'ASSEOIR ?
CES JEUNES !
...
JE NE PEUX PAS RESTER ASSISE TRAN-QUILLE-MENT...
... ALORS QUE SAE EST SEULE AVEC TÔJI !
FAIT AH !
... COMMENT TU AS PU DEVENIR AMIE AVEC SAE ?
DIS...
J'AI JAMAIS RÉUSSI À COM-PRENDRE...

...
ON N'EST PAS AMIES !
SAE ME COLLE, C'EST TOUT !
AH BON !
C'EST VRAI QUE...
... QUAND JE L'AI RENCONTRÉE...
... AU DÉBUT JE LA CROYAIS MON AMIE...
UN PEU AVANT LA RENTRÉE SCOLAIRE, J'AI ATTRAPÉ LA RUBÉOLE ET J'AI MANQUÉ LA PREMIÈRE SEMAINE DE COURS.
AH BON ?
QUAND JE SUIS ARRIVÉE EN COURS, DES GROUPES S'ÉTAIENT DÉJÀ FORMÉS...
... ET JE ME SUIS RETROUVÉE TOUTE SEULE.
LA SEULE CHOSE DE BIEN, C'EST QUE J'ÉTAIS DANS LA MÊME CLASSE QUE TÔJI.
MAIS JE NE POUVAIS PAS NON PLUS ALLER LUI PARLER SANS CESSE...

ET PUIS À CAUSE DE MON APPARENCE...
... UNE RUMEUR A COMMENCÉ À CIRCULER COMME QUOI J'AVAIS ÉTÉ ABSENTE PARCE QUE J'ÉTAIS ALLÉE ME FAIRE AVORTER...
PFF !
MAIS BON, COMME C'EST SAE QUI M'A RACONTÉ CETTE HISTOIRE, JE NE SAIS PAS SI ELLE EST VRAIE...
J'ÉTAIS MALHEUREUSE...
... ET VRAIMENT SEULE...
C'EST LÀ QUE...
"ADACHI ?"
"TU NE TE SOUVIENS PAS DE MOI ? SAE KASHIWAGI !"
"TU M'AS PRÊTÉ TA GOMME PENDANT L'EXAMEN D'ADMISSION !"
MAIS J'AURAIS MIEUX FAIT DE ME DEMANDER POURQUOI...
... AUCUN GROUPE NE VOULAIT DE SAE !!
J'ÉTAIS VRAIMENT HEUREUSE...
ELLES SONT JOLIES TES BARRETTES !

SANS BLAGUE ! ÇA VEUT DIRE QU'ELLE TE GUETTAIT DEPUIS L'EXAMEN D'ADMISSION ?
AH !
ÇA ME REVIENT MAINTENANT ! ELLE NE M'A JAMAIS RENDU MA GOMME !!
BAH... À CE NIVEAU-LÀ, TU PEUX FAIRE UNE CROIX DESSUS.
ELLE NE DOIT MÊME PAS S'EN SOUVENIR...
AAAAH !
LA HAINE !
TATAK TATAK
TATAK TATAK
C'EST PEUT-ÊTRE DÉJÀ TROP TARD...
MAIS SI MALGRÉ ÇA, TÔJI M'AIME TOUJOURS...
PEUT-ÊTRE QUE TÔJI N'EST DÉJÀ PLUS LE MÊME QU'AVANT...
SAE A PROBABLEMENT RÉUSSI À LE TRANSFORMER AVEC SON CONTRÔLE MENTAL...

... IL RESTE ENCORE UN ESPOIR...
ÇA VA, TÔJI ?
PARDON, J'ÉTAIS DANS LA LUNE...
NE T'INQUIÈTE PAS !
JE VAIS NETTOYER.
TIENS, ESSUIE TOI AVEC ÇA.
CATCH
CATCH
...
VEI-NARD !
TU AS UNE PETITE AMIE ADO-RABLE !
HA ! HA !
HEIN ?
C'EST PAS...
... MA PETITE AMIE !

PSSSSH
!?!
ARGH
SI, SI !
TOUT VA BIEN !
HA !
KASHI-WAGI ...?
ÇA NE VA PAS ?

...
Tôji-Gamori ?
Chambre 406.
L'ascenseur est là-bas.
Tôji est vraiment hospitalisé ici...
C'était pas du bidon.
...
Si tu ne me l'avais pas dit...
... je ne l'aurais jamais su avant qu'il quitte l'hôpital.
Merci Okayasu.
De quoi ?
De m'avoir dit pour Tôji.

ÇA ME TUE DE L'ADMETTRE, MAIS TU ES MON SEUL ALLIÉ.
...
MWOOMWOO !!
BAFFE
T'ES INCU-RABLE !
ARRÊTE ÇA !
JE SUIS CONTENT !
MOMO CHÉRIE A CONFIANCE EN MOI !!
WAOUH !
ARRÊ-TE !
TU ME FAIS HONTE !
FWIP
FWIP
...
TU FERAIS MIEUX DE CHANGER DE PYJAMA.
JE VAIS LAVER CELUI-CI.
TCHLING
HEIN ?
C'EST PAS LA PEINE !

ÇA NE ME GÊNE PAS !
C'EST BIEN UN PYJAMA PROPRE QUE TU AS SOUS TON OREILLER, NON ?
NON !
JE VIENS DE ME CHANGER...
ZWIP
KYAAH !
URGH !
AÏE !
PARDON, TÔJI !
ÇA VA...
JE N'AI PAS COGNÉ TA CICATRICE ?
NON...
HA !
TUTUM
TUTUM

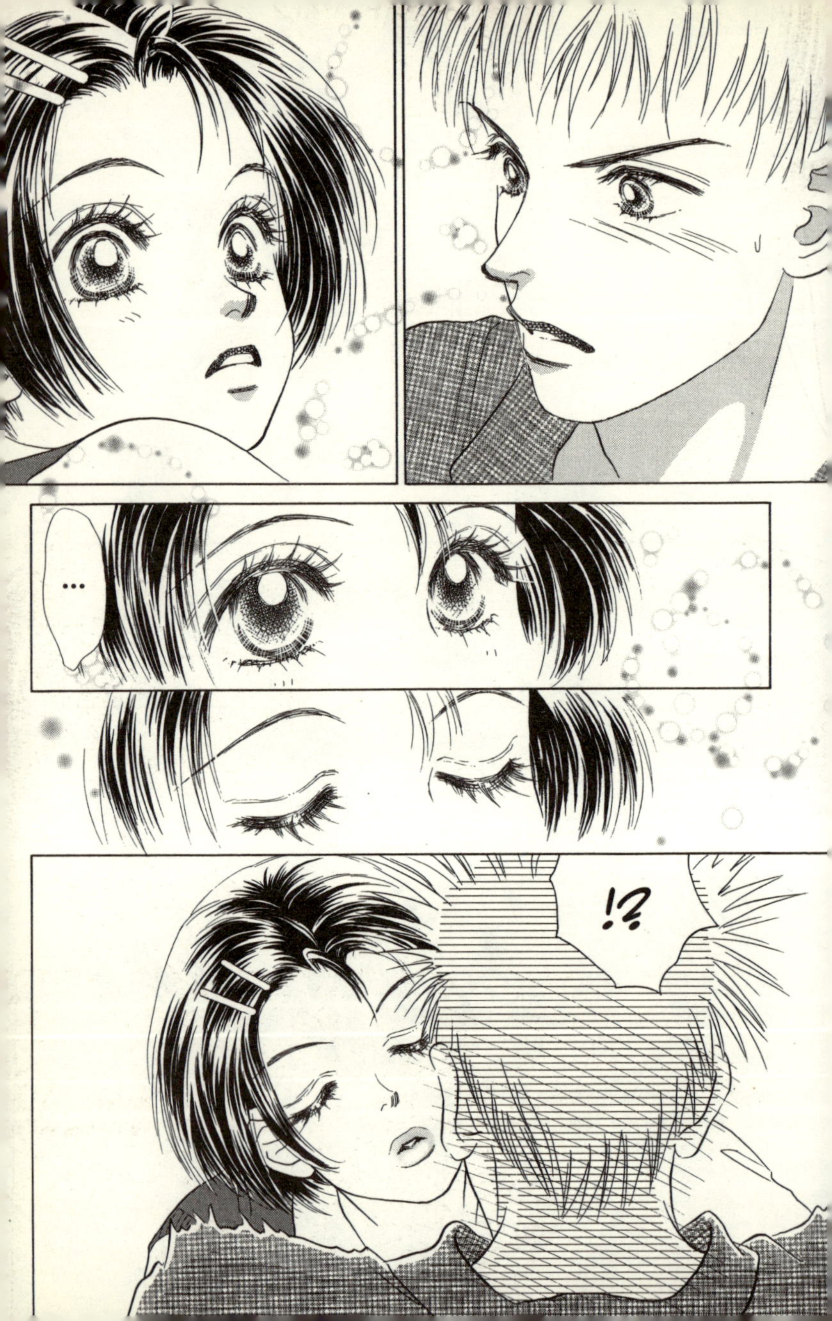

DODOM
DODOM
DODOM
DODOM
DODOM

KRRRR...
GYAAAH!!

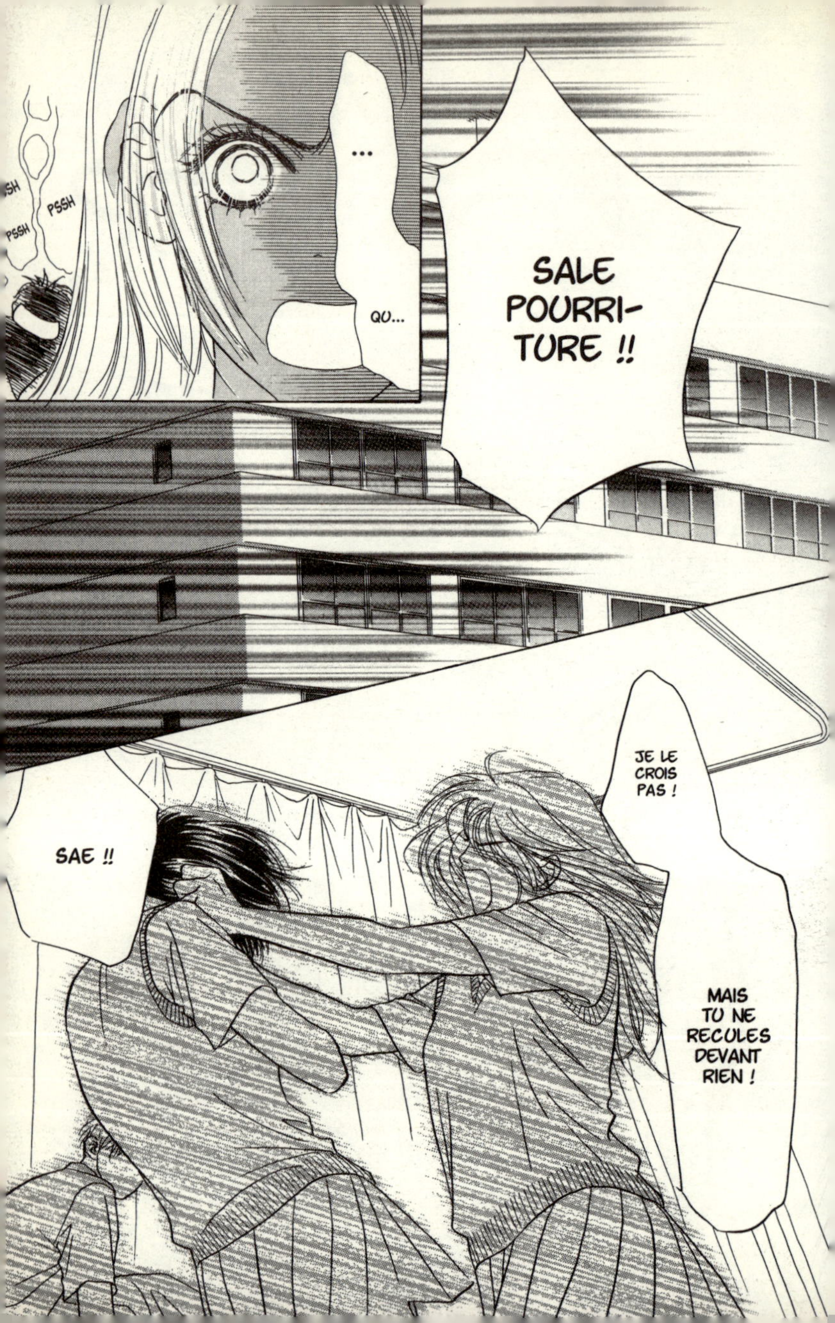
SALE POURRI-TURE !!
...
QU...
PSSH
PSSH
JE LE CROIS PAS !
MAIS TU NE RECULES DEVANT RIEN !
SAE !!

ESPÈCE DE LÂCHE !
PAFF
SNAP
...
TÔJI ...
J'AI RENVERSÉ MON THÉ, SAE A GLISSÉ...
... ET ELLE EST TOMBÉE SUR MOI, C'EST TOUT !

JE NE SAIS PAS COMMENT, MAIS ELLE DEVAIT SAVOIR QU'ON ARRIVAIT !
PILE AU MOMENT OÙ ON EST ENTRÉS ...?
ELLE MENT !
...
AVANT D'ACCUSER LES AUTRES, REGARDE-TOI !
JE SUIS SÛRE QU'ELLE A FAIT EXPRÈS DE GLISSER !
HEIN ? AH ! MOI ?
TU PEUX M'EXPLIQUER CE QU'IL FOUT ICI CELUI-LÀ ?
IL FAIT SALON DE THÉ...
PSHT
PSHH
JE SUIS L'AVOCAT DE MOMOO !

J'IMAGINE QUE SAE, ICI PRÉSENTE, T'A DÉJÀ INFORMÉ DE L'INCIDENT D'AUJOURD'HUI...
ET COMME MOMO A PEUR QUE TU NE TE MÉPRENNES SUR CE QU'IL S'EST RÉELLEMENT PASSÉ...
... JE SUIS VENU LUI PRÊTER MAIN-FORTE, AFIN DE DISSIPER TOUT MALENTENDU !
ARRÊTE DE FAIRE LE DÉBILE !
D'ABORD, COMME VOUS NE VOUS ÊTES PAS VUS DEPUIS LONGTEMPS...
... DITES-VOUS BONJOUR !
JE...
... JE SUIS DÉSOLÉE DE NE PAS ÊTRE VENUE TE VOIR PLUS TÔT...
JE NE SAVAIS PAS QUE TU ÉTAIS À L'HÔPITAL...
...
JE RÊVE ! QUELLE MENTEUSE !
SAE !!
JE VAIS TE...
MOMO DIT LA VÉRITÉ, TÔJI !
ELLE N'A APPRIS QU'AUJOURD'HUI QUE TU ÉTAIS À L'HÔPITAL.

J'AI FAILLI ME CASSER LA FIGURE ET JE ME SUIS ACCROCHÉ À MOMO.
COMME POUR SAE ET TOI TOUT À L'HEURE.
... ET ON NE S'EST JAMAIS ENLACÉS, C'EST UN MALENTENDU...
OKA-YASU !!
À VOS ORDRES, CHEF !!
ILS ONT PROFITÉ DE CE QUE TU ÉTAIS MALADE POUR FRICOTER !
TÔJI, ILS ONT INVENTÉ TOUTE CETTE HISTOIRE !
TU MENS !
ON PEUT PAS DISCUTER AVEC TOI DANS LES JAMBES !
ARRÊTE ! MAIS LÂCHE-MOI !
OÙ TU M'EMMÈNES ?
!?
GRAB

REGARDS
JE N'AI RIEN FAIT DE MAL ! LÂCHE-MOI !
VOUS AVEZ L'AIR TRÈS COPAINS AVEC OKA-YASU.
...
VOUS DISIEZ ?
EH BIEN...
...
TU AS PASSÉ BEAUCOUP DE TEMPS AVEC LUI PENDANT MON ABSENCE ?
HEIN ?
!?
IL TE COURT APRÈS ET TOI TU L'ENCOURAGES !?
ON SE PARLE QUAND ON SE CROISE...
PAS VRAIMENT...

JE L'ENCOURAGE...?
T'ES TROP GENTILLE AVEC LUI...
JE SUIS SÛR QU'IL A FAIT SEMBLANT DE TOMBER POUR SE COLLER À TOI !
QUOI ?
TU NE POUVAIS PAS DISSIPER CE MALENTENDU TOUTE SEULE ?
QU'EST-CE QUE TU AVAIS BESOIN DE RAMENER CE TYPE ?
MAIS JE RÊVE !?
C'EST PLUTÔT À MOI DE DIRE ÇA !?
SI J'ÉTAIS VENUE SEULE, TU AURAIS VRAIMENT ÉCOUTÉ CE QUE J'AI À DIRE ?
TU TE METS TOUJOURS DU CÔTÉ DE SAE !
C'EST PARCE QUE TU TE TROMPES SUR KASHIWAGI !

C'EST TOI QUI TE TROMPES !
POURQUOI TU NE VEUX JAMAIS ME CROIRE ?
TU AS PLUS CONFIANCE EN SAE QU'EN MOI !
JE NE VOIS PAS POURQUOI SAE ME MENTIRAIT !
ELLE N'A RIEN À Y GAGNER !
...
ALORS ...
AÏE
... TU NE VEUX VRAIMENT PAS ME CROIRE ?

...
DOM
ADACHI !? QU'EST-CE QUE TU...
TU NE VOIS VRAIMENT PAS POURQUOI ELLE TE MENTIRAIT ?
ET TU CROIS QU'ELLE N'A RIEN A Y GAGNER ?

ELLE VEUX TE METTRE LE GRAPPIN DESSUS !
MAIS TU ES AVEUGLE !?
JE NE PEUX PLUS LE SUPPORTER !!
...
NON !!
ADACHI ! DESCENDS, C'EST DANGEREUX !
JE T'AIME, TÔJI...
... ET ÇA ME FAIT TROP MAL QUE TU N'AIES PAS CONFIANCE EN MOI !

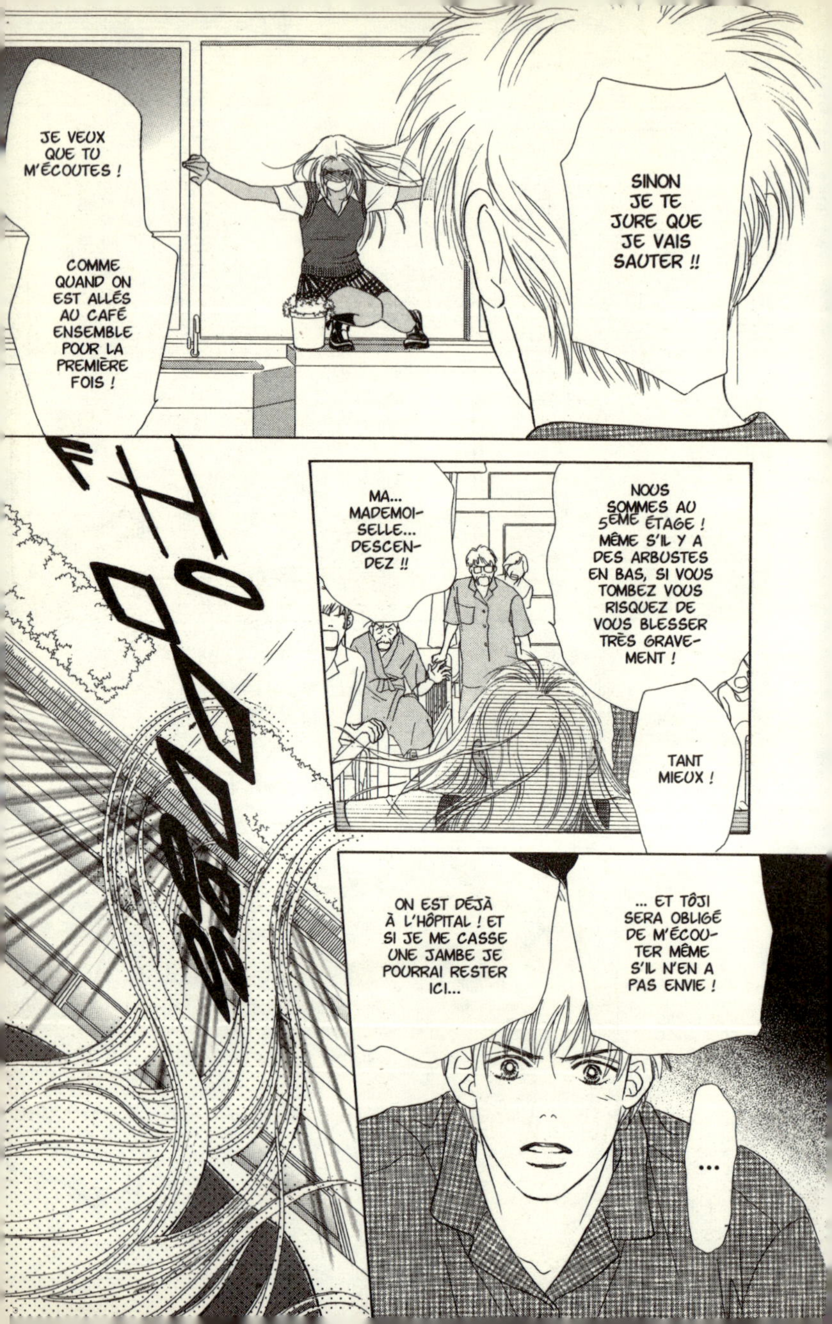
JE VEUX QUE TU M'ÉCOUTES !
COMME QUAND ON EST ALLÉS AU CAFÉ ENSEMBLE POUR LA PREMIÈRE FOIS !
SINON JE TE JURE QUE JE VAIS SAUTER !!
NOUS SOMMES AU 5ÈME ÉTAGE ! MÊME S'IL Y A DES ARBUSTES EN BAS, SI VOUS TOMBEZ VOUS RISQUEZ DE VOUS BLESSER TRÈS GRAVEMENT !
MA... MADEMOISELLE... DESCENDEZ !!
TANT MIEUX !
ON EST DÉJÀ À L'HÔPITAL ! ET SI JE ME CASSE UNE JAMBE JE POURRAI RESTER ICI...
... ET TÔJI SERA OBLIGÉ DE M'ÉCOUTER MÊME S'IL N'EN A PAS ENVIE !
...

MOMO A DIT QU'ELLE AVAIT CONFIANCE EN MOI !
AH ! AH ! AH !
POURQUOI TU FAIS ÇA ? C'EST PAS DANS TON INTÉRÊT !
TU ES AMOUREUX DE MOMO, NON ?
OÙ EST-CE QUE TU M'EMMÈNES !?
MAIS LÂCHE-MOI À LA FIN !!
HEIN ?
D'ICI, ON PEUT VOIR TOUT CE QUI SE PASSE DANS LA CHAMBRE !
VOILÀ, ON Y EST !
MOMO ! MAIS ÇA VA PAS LA TÊTE !?
RAAAAH !
!?

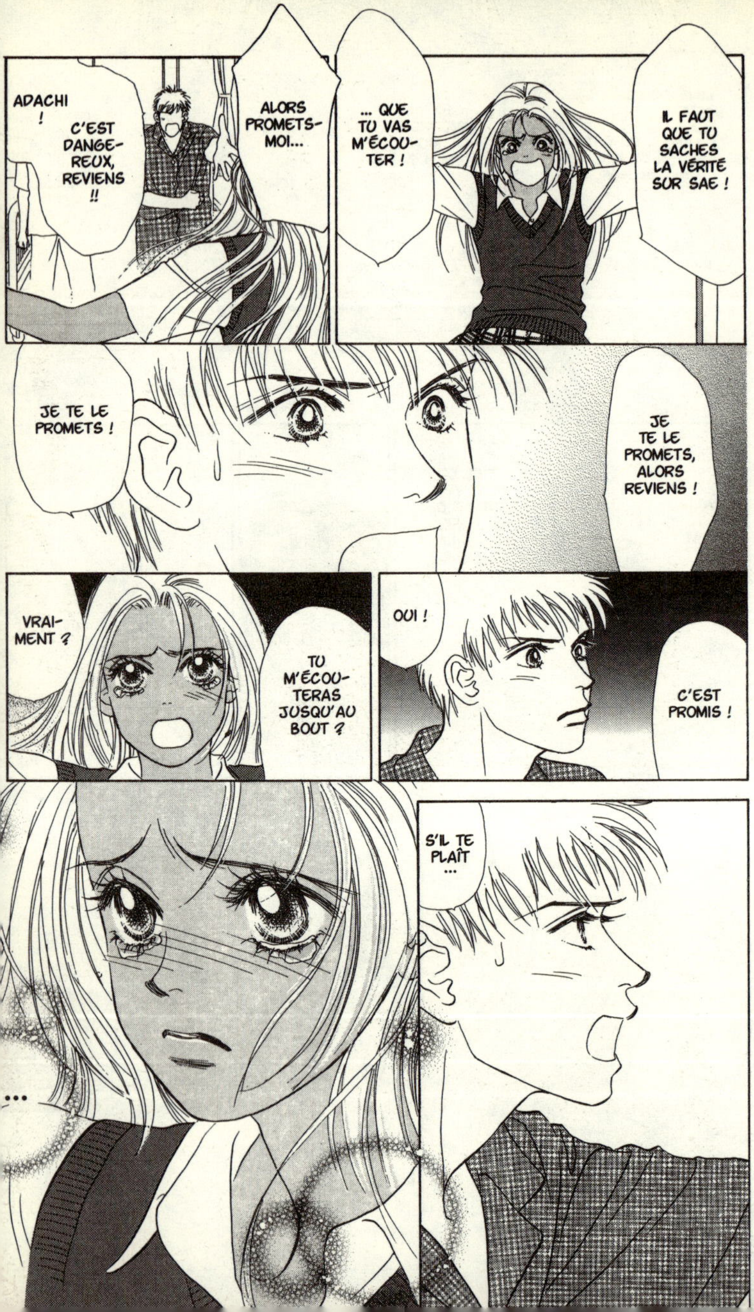
IL FAUT QUE TU SACHES LA VÉRITÉ SUR SAE !
... QUE TU VAS M'ÉCOUTER !
ALORS PROMETS-MOI...
ADACHI !
C'EST DANGEREUX, REVIENS !!
JE TE LE PROMETS, ALORS REVIENS !
JE TE LE PROMETS !
C'EST PROMIS !
OUI !
TU M'ÉCOUTERAS JUSQU'AU BOUT ?
VRAIMENT ?
S'IL TE PLAÎT ...
...

FLAP !!
AH !!
WHAAAP
KYAAAH !

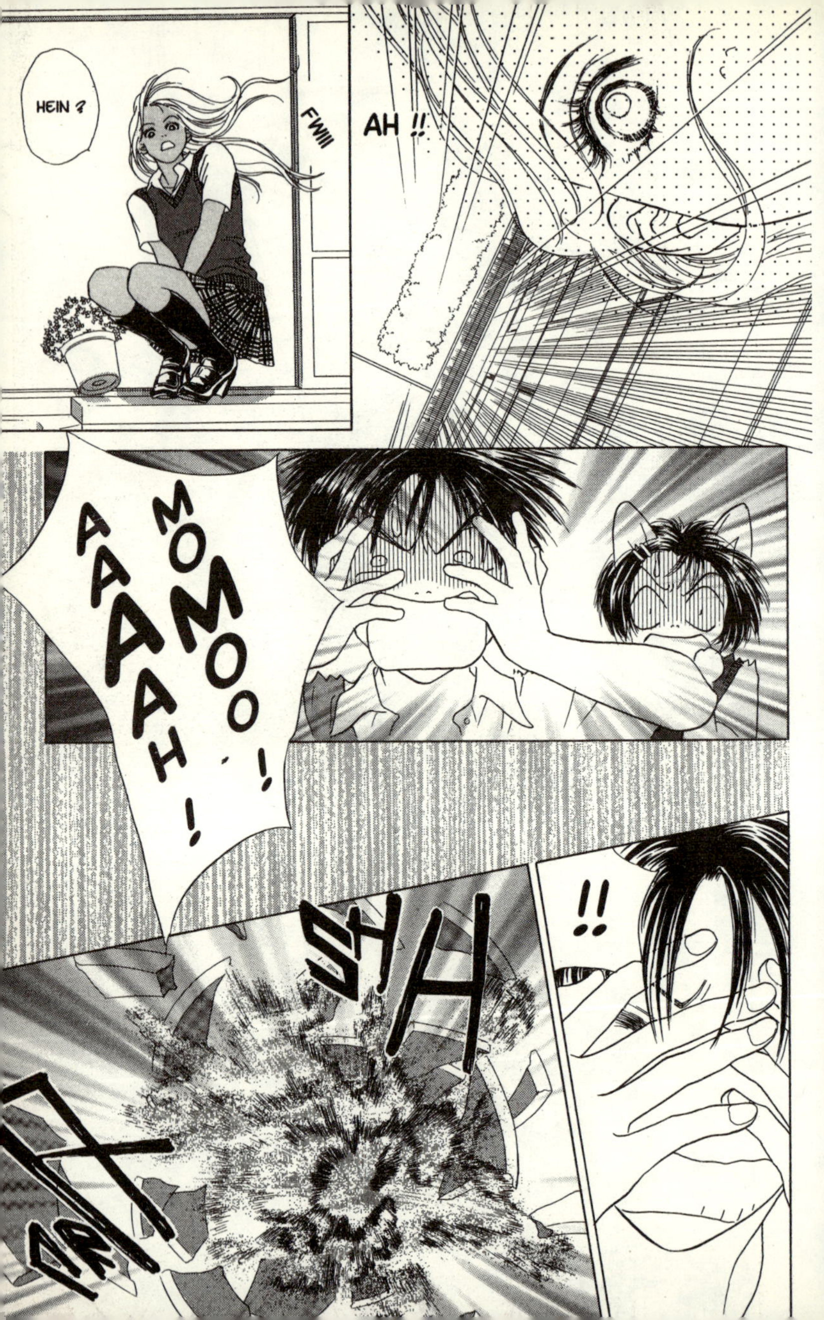

AH !!
HEIN ?
FWIII
MOMOOO !!
AAAAAH !
!!
SHH

... TÔJI ...
CLAPP CLAPP CLAPP

ÇA NE TE POSE PAS DE PROBLÈME !?
SI ÇA CONTINUE, ILS VONT SE RÉCONCILIER !!
AH LÀ LÀ !
ON DIRAIT BIEN...
OUIIN
MOMOOO
NON !!
J'Y ÉTAIS PRESQUE !!
GRRR
...
HA !
HA !
?
SOURIRE DUBITATIF
DIS !!
TU NE VEUX PAS FAIRE ÉQUIPE AVEC MOI ?
HEIN !?

MAIS SI ! ON A LE MÊME BUT, NON ?
TU VEUX MOMO...
... ET MOI JE VEUX TÔJI !
SI ON FAIT ÉQUIPE, ON SERA IMBAT-TABLES !
MOI ?

PEACH CLUB 3

Q : " DE QUI SAE EST-ELLE RÉELLEMENT AMOUREUSE ?"

R : A PRIORI, ELLE EST TRÈS AMOUREUSE D'ELLE-MÊME. JE NE CROIS PAS QU'ELLE AIT JAMAIS VRAIMENT AIMÉ QUELQU'UN...

Q : "POURQUOI AVOIR CHOISI DE DESSINER UN PERSONNAGE AUSSI DÉMONIAQUE QUE SAE ?"

R : "DÉMONIAQUE"... (RIRES) C'EST BIEN LE MOT QUI CONVIENT !

J'AI CRÉÉ LE PERSONNAGE DE "SAE" PARCE QUE QUAND J'ÉTAIS AU LYCÉE, UNE FILLE DANS SON GENRE M'A CAUSÉ BEAUCOUP DE PROBLÈMES. APRÈS ÇA, IL M'A FALLU DES ANNÉES AVANT D'ARRIVER À FAIRE CONFIANCE AUX GENS. J'AVAIS ENVIE DE CRIER AU MONDE ENTIER : " CE GENRE DE FILLE EXISTE ! " (RIRES) J'AI TOUJOURS EU ENVIE DE METTRE UNE "SAE" DANS MES HISTOIRES, MAIS JE CROIS BIEN QUE JE FAISAIS UN BLOCAGE... MAIS MAINTENANT JE VAIS BIEN !

COMMENT J'AI PU FAIRE UN TRUC PAREIL !?
UN PEU PLUS ET JE PARTAIS POUR UN MONDE MEILLEUR...
REPLAY
HYUUUUUU
J'AURAIS FINI COMME LE POT DE FLEURS ...
EN 1000 MORCEAUX.
MAIS...

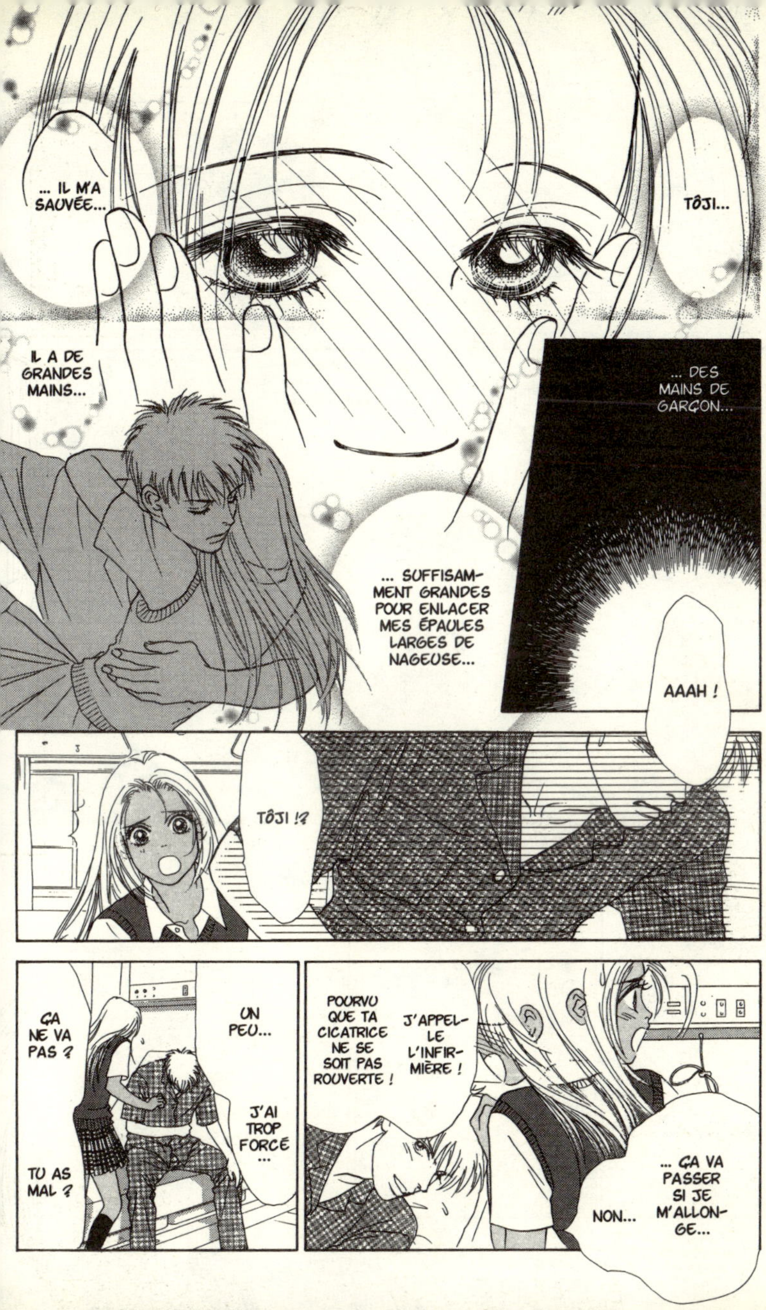
TÔJI...
... IL M'A SAUVÉE...
IL A DE GRANDES MAINS...
... DES MAINS DE GARÇON...
... SUFFISAMMENT GRANDES POUR ENLACER MES ÉPAULES LARGES DE NAGEUSE...
AAAH !
TÔJI !?
J'APPELLE L'INFIRMIÈRE !
POURVU QUE TA CICATRICE NE SE SOIT PAS ROUVERTE !
NON...
... ÇA VA PASSER SI JE M'ALLONGE...
ÇA NE VA PAS ?
UN PEU...
TU AS MAL ?
J'AI TROP FORCÉ...

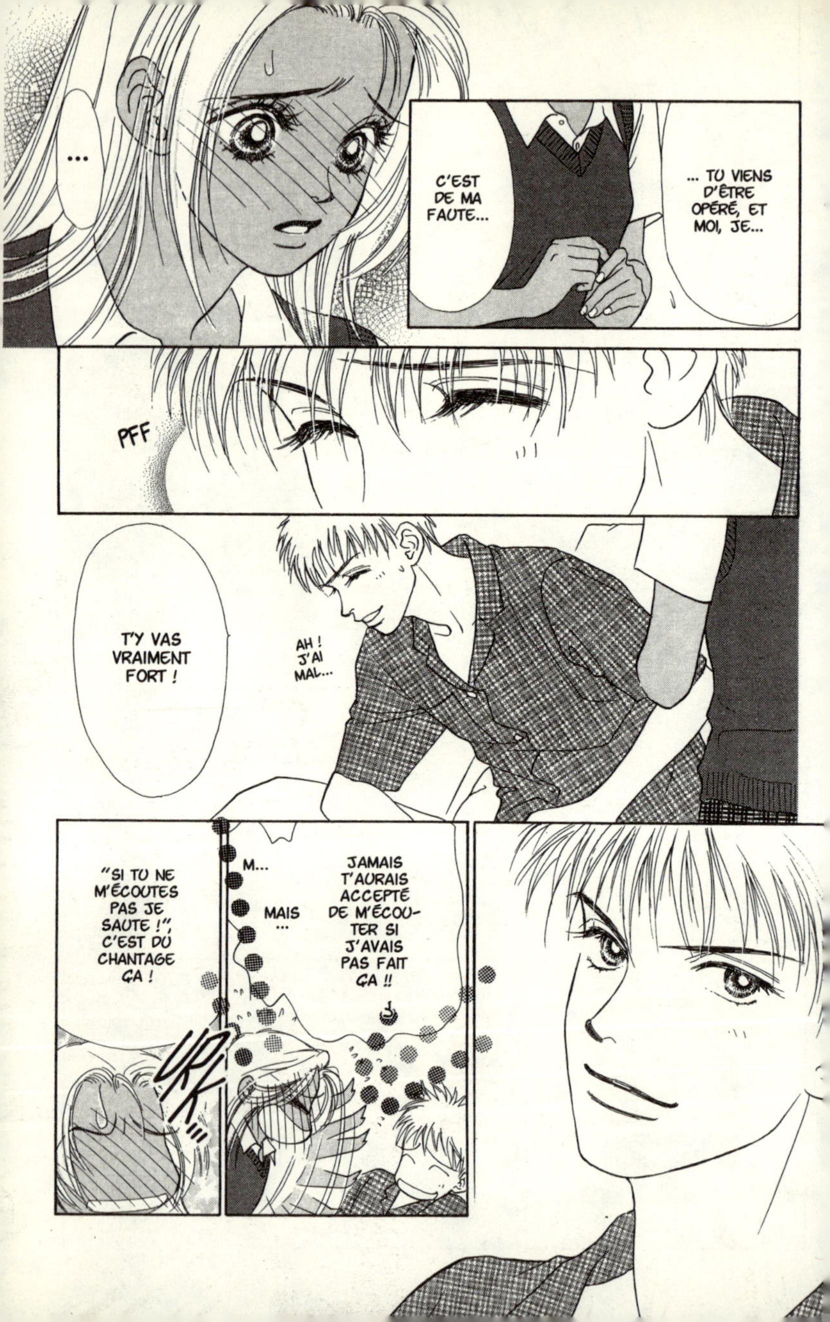
... TU VIENS D'ÊTRE OPÉRÉ, ET MOI, JE...
C'EST DE MA FAUTE...
...
PFF
AH ! J'AI MAL...
T'Y VAS VRAIMENT FORT !
JAMAIS T'AURAIS ACCEPTÉ DE M'ÉCOUTER SI J'AVAIS PAS FAIT ÇA !!
M... MAIS ...
"SI TU NE M'ÉCOUTES PAS JE SAUTE !", C'EST DU CHANTAGE ÇA !
URK !!!

... DIS-MOI TOUT CE QUE TU AS SUR LE CŒUR.
JE T'ÉCOU-TE...
AAAAH... ENFIN !
ENFIN !!!
ÇA FAIT SI LONGTEMPS QUE J'ENDU-RE CETTE INFAMIE !
JE VAIS ENFIN POUVOIR ME LIBÉ-RER DE TOUTES CES CA-LOMNIES !
YAAAH !

OKA-YASU...
... JE COMPTE SUR TOI POUR RETENIR SAE !!
ALORS ?
C'EST UNE BONNE IDÉE, NON ?
QU'EST-CE QUE TU EN DIS ? ON FAIT ÉQUIPE ?
WAAAAH !
J'AURAIS JAMAIS PENSÉ À ÇA !
C'EST VRAI QUE SI ON FAIT ÉQUIPE, ON SERA PLUS FORTS...
PER-SONNE NE POURRA NOUS ARRÊTER !!
HI ! HI ! ♡

SAE, TU ES VRAIMENT UN GÉNIE !!
N'EST-CE PAS ?
ET PUIS ?
C'EST QUOI TON PLAN ?
IL MARCHE !
D'ABORD, IL FAUT LES EMPÊCHER DE SE RÉCONCILIER !!
LET'S GO !
UN PETIT COUP DE POUCE ET TÔJI SERA PRÊT À ROMPRE AVEC MOMO !
PERSONNE NE PEUT ÉCHAPPER À MON CONTRÔLE MENTAL !!
IL SUFFIT DE FRAPPER VITE ET FORT !!
QU'EST-CE QUE TU VAS FAIRE ?
DIS !
DIS ! DIS !
MM...
EH BIEN...
DISONS QUE...

JE VAIS UTILISER LA BONNE VIEILLE MÉTHODE !!
QU...!?
QUELLE BONNE VIEILLE MÉTHODE ?
VOILÀ LE SCÉNARIO...
(ÇA SE PASSE LA NUIT, DANS LA CHAMBRE D'HÔPITAL)
"TÔJI !"
"TÔJI ! RÉVEILLE-TOI !"
"QUOI ?"
"QU...
"KASHIWAGI...!?"
"MAIS QU'EST-CE QUE TU FAIS ICI EN PLEINE NUIT ?"

"JE T'AIME ! JE N'EN PEUX PLUS DE ME TAIRE !"
"KA... KASHIWA..."
"JE T'AIME !!"
Z'AVEZ PAS HONTE !?
"CHUT ! NE PARLE PAS SI FORT ! TU VAS RÉVEILLER LES AUTRES !"
"A... ARRÊTE KASHIWAGI... ON EST À L'HÔPITAL !"
"KASHIWAGI ! NON !
KASHI...
AAH..."
"TÔJI..."

... IL NE PEUT PAS M'ÉCHAPPER !
TÔJI EST À MOITIÉ HANDICAPÉ...
UN PEU PLUS ET IL M'EMBRASSAIT SOUS LES YEUX DE MOMO !!
...
JE PRÉFÈRE LE TERME DE "ROMANCE NOCTURNE".
QUELLE MAUVAISE LANGUE !
TU VEUX PROFITER DE CE QUE TÔJI EST SANS DÉFENSE POUR LE VIOLER...!?
EUH ?
ET MOI ? JE FAIS QUOI ?
TOI, TU ATTENDS PAS LOIN AVEC MOMO...
QUEL STRATÈGE ! QUELLE MANIPULATRICE !!
TU VAS EN FAIRE TON ESCLAVE SEXUEL !
C'EST GRANDIOSE !! C'EST MACHIAVÉLIQUE !!!
WAOOOUH !
HO ! HO ! HO !

... ET DÈS QUE J'APPUIE SUR LA SONNETTE...
... J'EMMÈNE MOMO ET ON VOUS PREND EN FLAGRANT DÉLIT !
T'AS TOUT COMPRIS !
OOOOH !
TÔJI EST UN GARÇON SÉRIEUX ET HONNÊTE...
... IL PRENDRA SES RESPONSABILITÉS ! SI JE PLEURE TRÈS FORT, IL N'OSERA PAS ME REPOUSSER !
... ET DÈS QUE TÔJI AURA ROMPU AVEC MOMO...
... TU N'AURAS QU'À TE PRÉCIPITER POUR LA CONSOLER !
LES GENS MALHEUREUX SONT TELLEMENT FACILES À MANIPULER !
PFF !

HI ! HI ! HI ! HI !
HÉ ! HÉ ! HÉ ! HÉ !
PAFF PAFF
FU ! FU ! FU ! FU !
HA ! HA ! HA ! HA !
!?!
VILAINE FILLE !

CETTE BOUCHE EST REMPLIE D'ORDURES !
TU T'ARRÊTES JAMAIS, HEIN ?
DU BE FAIS BAL !! (TU ME FAIS MAL !)
GUÈZGUE-DUFAIS ? (QU'EST-CE QUE TU FAIS ?)
AÏE !!
TU VEUX FAIRE ÉQUIPE AVEC MOI ?
MÊME PAS EN RÊVE !!

HEU...
EN FAIT...
TOUT D'ABORD...
IL Y A TELLEMENT DE CHOSES QUE JE VOUDRAIS LUI DIRE...
JE NE SAIS PAS PAR OÙ COMMENCER...
AH !
CE QUE J'ESSAYAIS DE TE DIRE AU TÉLÉPHONE L'AUTRE JOUR...
PARDON...
JUSTE UNE MINUTE...
HEIN ?
AVANT DE T'ÉCOUTER, JE VOUDRAIS JUSTE TE POSER UNE QUESTION...
HEIN !?
POURQUOI ?
JE TE PROMETS QU'APRÈS JE T'ÉCOUTERAI !
MAIS JE VEUX QU'IL SACHE LA VÉRITÉ SUR SAE TOUT DE SUITE, MOI...
QU'EST-CE QUE TU VEUX SAVOIR ?
MM...

...
OKA-YASU...
... TU RESSENS QUELQUE CHOSE POUR LUI ?
HEIN !?
TU AS L'AIR DE T'AMUSER BEAUCOUP PLUS AVEC LUI QU'AVEC MOI...
TU VEUX RIRE ?
C'EST ENCORE SAE QUI T'A RACONTÉ DES TAS DE MEN-SONGES...
C'EST CE QUE JE ME TUE...
... À ESSAYER DE TE DIRE !!
C'EST PAS ÇA.
C'EST VRAI QUE CE QU'A DIT KASHIWAGI M'INQUIÈTE, MAIS...
MÊME AVANT...
... MÊME AVANT QU'ON SORTE ENSEMBLE J'AVAIS DES DOUTES...

SI JE ME SUIS DÉCIDÉ À T'AVOUER MES SENTI-MENTS...
... C'EST PARCE QUE J'AVAIS PEUR DE TE PERDRE...
J'AVAIS PEUR QUE TU TOMBES AMOUREUSE DE LUI...
QUAND TU LUI AS SAUVÉ LA VIE...
... J'AI PANIQUÉ...
C'EST UN CAS DÉSESPÉ-RÉ ! IL EST DÉBILE ET OBSÉDÉ !
JAMAIS JE NE TOMBERAI AMOUREUSE D'UN TYPE COMME OKAYASU !
ÇA VA PAS ?
HEIN ...?
JE SUIS DÉSO-LÉ...
...
COMMENT EST-CE QUE TU AS PU CROIRE UNE SEULE SECONDE QUE LUI ET MOI ON POURRAIT...

PEACH CLUB N'HÉSITEZ PAS À ENVOYER VOS TÉMOIGNAGES SUR LES "SAE" QUI VOUS ONT CAUSÉ DES PROBLÈMES AU "PEACH CLUB" ! J'ESSAYERAI AUSSI DE RÉPONDRE À TOUTES VOS QUESTIONS DANS CETTE RUBRIQUE, ALORS N'HÉSITEZ PAS À M'ÉCRIRE. ENVOYEZ-MOI AUSSI VOS IMPRESSIONS SUR LE TOME 2 !
C'EST QUE...
TU AS L'AIR TELLEMENT PLUS À L'AISE QUAND TU ES AVEC LUI...
TELLEMENT PLUS NATURELLE ...
ET J'AI L'IMPRESSION QU'IL...
... EST PLUS PROCHE DE TOI QUE JE NE LE SERAI JAMAIS...

PARCE QUE MOI AUSSI J'SUIS UNE DÉBILE ?
C'EST PAS CE QUE JE VOULAIS DIRE...
TU SENS ÇA ?
C'EST MON COEUR QUI BAT...

IL N'Y A QUE TOI QUI PUISSES LE FAIRE BATTRE SI FORT...
QUAND OKAYASU S'EST ACCROCHÉ À MOI...
... OU MÊME QUAND IL ME DIT QU'IL M'AIME...
... MON COEUR NE SE MET PAS À BATTRE COMME ÇA.
JE T'AIME...
... DEPUIS LE COLLÈGE, JE N'AIME QUE TOI.

AH !
PAPI ! TU N'AS PAS HONTE ?
PARDON !
EUH...
AU FAIT...
...
ÇA FAIT SI LONGTEMPS...
... QU'ON N'A PAS ÉTÉ AUSSI BIEN...
PFF !

C'EST PAS DE CHANCE ! À L'HEURE QU'IL EST, TÔJI DOIT DÉJÀ ÊTRE LIBÉRÉ DE TON CONTRÔLE MENTAL !
PRENDS ÇA COMME UN SIGNE : IL EST TEMPS QUE TU RENONCES.
POURQUOI JE RENONCERAIS ?
J'AI LE DROIT DE L'AIMER.
IL L'A RAMENÉE SUR LE TOIT.
AH OUI ? ET TOI TU VAS RENONCER À MOMO ?
TU LE VEUX SEULEMENT PARCE QUE MOMO L'AIME.
ENFIN SAE...
... TU NE VAS PAS ME FAIRE CROIRE QUE TU ES VRAIMENT AMOUREUSE DE TÔJI ?
TU VIENS DE ME DIRE DE RENONCER ET TOI, TU...
ÇA N'A PAS DE SENS !!

PAS VRAI ?
PETITE COPIEUSE !
JE TE DÉTESTE !!
GRR !!
WAAAH ! ÇA ME FAIT TELLEMENT PLAISIR !!
QUELLE CHANCE QUE TU NE M'AIMES PAS !!
JE L'AVAIS VU LA PREMIÈRE !!!!
ET PUIS D'ABORD C'EST MOI QUI ÉTAIS AMOUREUSE DE TÔJI AVANT MOMO !!
JE NE RENONCERAI PAS !!
ON Y CROIT !
MAIS OUI, MAIS OUI.
SI TU LE VEUX, TU DOIS TE BATTRE À LA RÉGULIÈRE.
... C'EST PAS AVEC DES RUSES AUSSI MÉPRISABLES QUE TÔJI TOMBERA AMOUREUX DE TOI.
TU SAIS...

MAIS BON...
C'EST VRAI QUE JE SUIS MAL PLACÉ POUR TE FAIRE LA MORALE...
APRÈS TOUT, J'AI EMBRASSÉ MOMO...
ZWIP
... MÊME SI APRÈS ELLE M'A FOUTU LA RACLÉE DU SIÈCLE...
JE L'AI SENTI PASSER...
AH ! AH ! AH !
ZWIP ZWIP
...
JE CROYAIS QUE CETTE RUMEUR ÉTAIT BIDON ?
... QUE C'ÉTAIT TOI QUI L'AVAIS LANCÉE ...
QU'EN FAIT TU AVAIS EMBRASSÉ UN HOMME...
C'EST VRAI.
DISONS QUE JE ME SUIS UN PEU SERVI DE LA RUMEUR...
VRAIMENT ?
TU AS RÉELLEMENT EMBRASSÉ MOMO ?
VRAIMENT ?

MERCI OKAYASU ! BYE BYE !!
WROOOOOM
BYE BYE !
QU...
AAAAH !?!
REVIENS, SAE !!
ELLE A DISPARU...
OOPS !!

KYAH ! AH ! AH ! AH !! AH !
CHANGER LE LIEU DE RENDEZ-VOUS ? POUR LA CANTINE...?
ALORS KASHIWAGI A MENTI ?
MAIS J'AI JAMAIS DIT ÇA ! ET PUIS POURQUOI J'AURAIS DEMANDÉ À SAE DE TE LE DIRE À MA PLACE ?
J'ATTENDAIS À LA PISCINE, MOI !
CETTE FOIS, C'EST LA FIN !!

POURTANT KASHIWAGI A L'AIR D'ÊTRE UNE FILLE BIEN...
TU...
TU CROIS ?
C'EST MAL BARRÉ...
MAIS PUISQUE JE TE DIS QU'ELLE ESSAIE DE TE METTRE LE GRAPPIN DESSUS !
ARGH !
POURQUOI ELLE A FAIT ÇA ?
DEPUIS TOUT À L'HEURE JE TE RÉPÈTE QUE SAE EST UNE SURDOUÉE DU MENSONGE !!
TOUT À L'HEURE...
AH ? EN Y REPEN-SANT...
JE SENS QUE JE VAIS AVOIR DU MAL À LE LIBÉRER DE L'ENVOÛ-TEMENT DE SAE...
PAR CONTRE QUAND IL S'AGIT DES AUTRES...
QUAND IL S'AGIT DE LUI, IL EST VRAIMENT DUR DE LA COM-PRENETTE, TÔJI...
ET EN PRIME, IL FAUT TOU-JOURS QU'ELLE IMITE LES AUTRES !
WHAM

TÔJI !!
TU NE DOIS
PAS CROIRE
UN MOT DE
CE QU'ELLE
RACONTE !!

ELLE ESSAIE DE TE DUPER !!!
WHAM !!
SAE...
... QU'EST-CE QUE TU FAIS LÀ ?
TU AS DU CULOT DE ME TRAITER DE MENTEUSE !!
ALORS QUE C'EST TOI QUI N'AS FAIT QUE MENTIR !
GRRRRR
QUOI ?
QU'EST-CE QUE TU AS OSÉ DIRE ?
ET SUR QUOI J'AURAIS MENTI ?
SUR TA RELATION AVEC OKAYASU !!

VOUS VOUS ÊTES EMBRASSÉS !!
NE FAIS PAS ATTENTION À CE QU'ELLE DIT ! IL N'Y A RIEN ENTRE OKAYASU ET MOI.
ADACHI ...!?
... OKYASU ET TOI.
INUTILE DE NIER, JE SAIS QUE C'EST VRAI !
VOUS VOUS ÊTES EMBRASSÉS !!

TAP TAP TAPA
PARDON MOMO, J'AI GAFFÉ...!!
EUH... TROP TARD ?
AH !
NAAN ! C'EST PAS ÇA DU TOUT !
TÔJI, C'EST...
TOI, ON T'A PAS SONNÉ !!
JE...
ADACHI ...
... TU L'AS EMBRASSÉ ?
C'EST VRAI ?

...
ADACHI !
ELLE M'A PIÉGÉE...
ADACHI ...
... EST-CE QUE C'EST VRAI ?
...
NE RÉPONDS PAS !!

...
OUI...
ET TU PRÉTENDS QU'IL N'Y A RIEN ENTRE VOUS DEUX ?
HA...
...
C'EST PAS ...
... VRAI !
POUF

PARDON...
MAIS JE NE VOULAIS PAS TE MENTIR...
... JE ME SUIS DIT QUE CE N'ÉTAIT PAS LA PEINE DE TE LE DIRE...
ÇA S'EST PASSÉ AVANT QU'ON SORTE ENSEMBLE...
PARCE QUE C'ÉTAIT AVANT QU'ON SOIT ENSEMBLE, TU CROIS QUE ÇA VA ?
JE...
IL M'A EUE PAR SURPRISE...
IL M'A EMBRASSÉE AVANT QUE J'AIE EU LE TEMPS DE RÉAGIR !!
...
AH !
TU AS BIEN RÉUSSI À ME REPOUSSER MOI...
JE M'EN DOUTAIS... TU L'AIMES...
!?

TÔJI, TU ES LE SEUL QUE J'AIME !!
QU'EST-CE QUE J'EN SAIS ?
NON !!
QU'EST-CE QUE VOUS FAISIEZ PENDANT QUE J'ÉTAIS ABSENT ?
!!
MAIS PAS DU TOUT !!
ON RESTE ZEN...
SI ÇA SE TROUVE, IL T'A EMBRASSÉE ET TU ES TOMBÉE AMOUREUSE DE LUI...
EUH...
ÇA SUFFIT MAINTENANT ! MAIS MA PAROLE, TU ES COMPLÈTEMENT BORNÉ !?
ÇA...
VOUS DEVIEZ BIEN RIRE DE MOI !

DEPUIS TOUT À L'HEURE, TU M'EN ENVOIES PLEIN LA FIGURE...
JE TE SIGNALE QUE TU AS QUAND MÊME EMBRASSÉ SAE !!
C'EST UNE CHOSE QUE TU SOIS JALOUX...
... MAIS NE PARLE PAS COMME SI J'ÉTAIS LA SEULE À AVOIR COMMIS UNE FAUTE !
...
ELLE EST EN MODE DE COMBAT...
MOMO A PÉTÉ UN CÂBLE...
ALORS MOI AUSSI J'AIMERAIS QUE TU T'EXPLIQUES ! POURQUOI TU AS EMBRASSÉ SAE ?
TU AS ESSAYÉ DE M'EMBRASSER AU MÊME ENDROIT QUE SAE, ET LE MÊME JOUR !
TU VEUX SAVOIR POURQUOI JE T'AI REPOUSSÉ ?

TU TE MOQUES DE MOI ? JE VOUS AI VUS !
INUTILE DE NIER !
QUOI !?
C'ÉTAIT PAS...
... UN BAISER...
C'EST VRAI QUE JE L'AI EMBRASSÉE, MAIS C'ÉTAIT PAS UN BAISER...
!?
...
C'ÉTAIT UNE RÉPÉTITION POUR VOTRE PREMIER BAISER.♡
C'ÉTAIT UN ENTRAÎNEMENT !
QU'EST-CE QUE TU RACONTES ? UN BAISER QUI N'ÉTAIT PAS UN BAISER ?
DE LA RHÉTORIQUE ...?

TÔJI M'A DIT QU'IL N'AVAIT JAMAIS EMBRASSÉ DE FILLE...
... ALORS JE LUI AI GENTIMENT APPRIS COMMENT ON FAIT.♡
HEIN ?
KASHIWAGI !!
...
... NON...
... C'EST PAS VRAI...
TÔJI...
C'EST PAS...
PWISH
CE BAISER...
...
C'ÉTAIT UNE RÉPÉTITION POUR NOTRE BAISER...?

CE...
... BAI-
SER...
...

TU AS LAISSÉ SAE T'EMBOBINER ?
SPRACH
SQUISH
NE ME DIS PAS QUE TU AS FAIT ÇA POUR MOI...!?
... MAIS C'ÉTAIT...
... C'ÉTAIT ...
J'ÉTAIS SÛRE QUE SAE L'AVAIT EMBRASSÉ DE FORCE...
... UN ENTRAÎNEMENT ...?
MAIS T'ES COMPLÈTEMENT DÉBILE !?

ON N'A JAMAIS VU ÇA, UN TYPE QUI S'ENTRAÎNE AVEC UNE AUTRE FILLE AVANT D'EMBRASSER SA COPINE !
JE NE T'AURAIS JAMAIS CRU SI STUPIDE !!!
SI JE SUIS UN IDIOT, TOI TU N'ES QU'UNE SALE MENTEU-SE !!
PAF
...!!
JE ME SUIS TROMPÉE SUR TOI !!
TU N'ES QU'UN IDIOT ! IDIOT ! IDIOT ! C'EST MINABLE !!

...
J'ARRIVE PLUS À COM-PRENDRE...

QU'EST-CE QUE T'ATTENDS DE MOI À LA FIN ?!
JE NE CROIS PAS...
... QUE J'Y ARRIVERAI...

C'EST FINI...
À SUIVRE...

Rendez-vous dans le tome 3 !

Directeur de l'édition française
ALAIN GUERRINI

Directeur éditorial
MARCO M. LUPOI

Rédacteur en chef
SÉBASTIEN DALLAIN

Promotion
PIERRE-JEAN REBOTON

Logistique et administration des ventes
ROBERT TOMBAKDJIAN

Coordinatrice éditoriale
ANNA RODELLA

Concepteur graphique
DRZ

Maquettiste
SABRINA PIU

Avec la collaboration de
NICOLE DUCLOS, ASTRID JODKOWSKI
et de toute l'équipe de Génération Comics

PEACH GIRL 2
ISBN : 2-84538-083-6

Un ouvrage
GÉNÉRATION COMICS/PANINI FRANCE S.A.

Commercialisation et relations média :
PANINI FRANCE
Z.I. SECTEUR D - B.P. 62
06702 SAINT-LAURENT-DU-VAR CEDEX
Tél. 04 92 12 57 57 / Fax 04 92 12 57 58

Diffusion
MAKASSAR
Tél. 01 42 58 35 53